SANGUE NA NEVE

Obras do autor publicadas pela Editora Record

Headhunters
Sangue na neve
O sol da meia-noite
Macbeth
O filho

Série Harry Hole
O morcego
Baratas
Garganta vermelha
A Casa da Dor
A estrela do diabo
O redentor
Boneco de Neve
O leopardo
O fantasma
Polícia
A sede
Faca

JO NESBØ
SANGUE NA NEVE

tradução de **Gustavo Mesquita**

4ª edição

EDITORA RECORD

RIO DE JANEIRO • SÃO PAULO

2025

CIP-BRASIL. CATALOGAÇÃO NA PUBLICAÇÃO
SINDICATO NACIONAL DOS EDITORES DE LIVROS, RJ

Nesbø, Jo, 1960-

N371s Sangue na neve / Jo Nesbø; tradução de Gustavo Mesquita. –
4ª ed. 4ª ed. – Rio de Janeiro: Record, 2025.

Tradução de: Blood on Snow
ISBN 978-85-01-09153-6

1. Romance norueguês. 2. Literatura norueguesa (Inglês).
1. Mesquita, Gustavo. II. Título.

CDD: 839.82
15-26006   CDU: 821.111(481)

Título original norueguês:
Blod på snø

Copyright © Jo Nesbø, 2015
Publicado mediante acordo com Salomonsson Agency.
Copyright da tradução do norueguês para o inglês © Neil Smith, 2015

Traduzido a partir do inglês *Blood on Snow*.

Texto revisado segundo o novo Acordo Ortográfico da Língua Portuguesa.

Todos os direitos reservados. Proibida a reprodução, no todo ou em parte,
através de quaisquer meios. Os direitos morais do autor foram assegurados.

Direitos exclusivos de publicação em língua portuguesa somente para o Brasil
adquiridos pela
EDITORA RECORD LTDA.
Rua Argentina, 171 – Rio de Janeiro, RJ – 20921-380 – Tel.: 2585-2000,
que se reserva a propriedade literária desta tradução.

Impresso no Brasil

ISBN 978-85-01-09153-6

Seja um leitor preferencial Record.
Cadastre-se no site www.record.com.br e
receba informações sobre nossos lançamentos e nossas promoções.

EDITORA AFILIADA

Atendimento e venda direta ao leitor:
sac@record.com.br

Capítulo 1

A neve dançava como flocos de algodão à luz dos postes. Sem rumo, incapaz de decidir se queria de fato cair, apenas se deixando levar pelo vento congelante, infernal, que soprava da grande escuridão que pairava sobre o fiorde de Oslo. Eles rodopiavam, vento e neve, giravam na escuridão entre os galpões do cais, todos fechados à noite. Até que o vento se cansava e abandonava sua parceira de dança junto à parede. E ali a neve seca se acumulava em torno dos sapatos do homem que eu acabava de alvejar no peito e no pescoço.

O sangue pingava da barra de sua camisa na neve. Na verdade, não sei muito sobre a neve — ou sobre qualquer outra coisa, por sinal —, mas li que os cristais formados quando o tempo está muito frio são completamente diferentes da neve molhada, dos flocos pesados ou do tipo quebradiço. Que o formato dos cristais e a secura da neve fazem a hemoglobina do sangue reter aquela cor vermelha viva. Seja como for, a neve debaixo dele me lembrava o manto de um rei, todo púrpura e forrado de arminho, como nos desenhos do livro de contos noruegueses que minha mãe lia para mim. Ela gostava de contos de fadas e de reis. Provavelmente por isso me deu o nome de um.

O jornal disse que se o vento continuasse daquele jeito até o Ano-Novo, 1977 seria o ano mais frio desde a guerra, e que nos lembraríamos dele como o início da nova era do gelo, prevista pelos cientistas há algum tempo. Mas como é que eu ia saber? Tudo que sabia era que o homem de pé à minha frente logo estaria morto. Não restava dúvida, pela forma como seu corpo tremia. Era um dos homens do Pescador. Não foi nada pessoal. Disse isso a ele antes que tombasse, deixando uma mancha de sangue parede abaixo. Se um dia eu levar um tiro, prefiro que seja algo pessoal. Não disse aquilo para evitar que o fantasma dele venha atrás de mim — não acredito em fantasmas. Apenas não consegui pensar em outra coisa para dizer. Obviamente, eu podia ter ficado de bico fechado. É o que geralmente faço, afinal de contas. Mas algo deve ter me deixado falante de uma hora para outra. Talvez porque faltavam apenas alguns dias para o Natal. Li que as pessoas se sentem mais próximas umas das outras na época do Natal. Quem sabe?

Achei que o sangue fosse congelar sobre a neve e simplesmente ficar ali, suspenso. Mas em vez disso a neve o absorvia à medida que caía, atraindo-o para baixo da superfície, escondendo-o como se tivesse algum uso para ele. Ao ir para casa imaginei um boneco de neve erguendo-se da nevasca, com veias de sangue claramente visíveis sob a pele de gelo mortalmente pálida.

A caminho do meu apartamento, liguei para Daniel Hoffmann de uma cabine telefônica e disse que o trabalho estava feito.

Hoffmann falou que isso era bom. Como de costume, não fez perguntas. Ou aprendeu a confiar em mim no decorrer dos quatro anos em que trabalho para ele como matador de aluguel, ou não queria saber. O trabalho estava feito, então por que um homem como ele se preocuparia com aquele tipo de coisa quando pagava outra pessoa justamente para ter menos problemas? Hoffmann pediu que eu fosse até o escritório no dia seguinte, disse que tinha um novo trabalho para mim.

— Um novo trabalho? — perguntei, sentindo o coração saltar.

— Sim — disse Hoffmann. — Uma nova encomenda.

— Ah, ok.

Desliguei, aliviado. Não faço grande coisa além de encomendas. Na verdade, não sirvo para muito mais que isso.

Aqui vão quatro coisas para as quais não tenho qualquer serventia. Dirigir um carro em uma fuga. Sei dirigir rápido, sem problemas. Mas não sem ser notado, e qualquer pessoa que dirija um carro de fuga precisa ser capaz de fazer as duas coisas, de dirigir de modo a parecer com qualquer outro carro na rua. Acabei indo para a prisão com dois outros homens por não saber dirigir de forma imperceptível. Dirigi como um demônio, alternando entre trilhas e rodovias principais; tinha despistado nossos perseguidores há muito tempo e estava a poucos quilômetros da fronteira com a Suécia. Reduzi e dirigi devagar, comportado como um vovô num passeio de domingo. E ainda assim fomos parados por uma viatura. Mais tarde disseram que não tinham desconfiado de que aquele era o carro usado no assalto e que eu não estava dirigindo rápido nem infringindo qualquer lei de trânsito. Falaram que foi a *forma* como eu dirigia. Não faço ideia do que aquilo significava, mas disseram que era suspeita.

Não sirvo para assaltante. Li que mais da metade de todos os bancários que passaram por um assalto acabam com problemas psicológicos, alguns para o resto da vida. Não sei por quê, mas o velho que estava atrás do balcão da agência dos correios parecia ter pressa de desenvolver esse tipo de disfunção. Ele surtou só porque o cano da minha escopeta, ao que parece, estava vagamente apontado na direção dele. Li no jornal do dia seguinte que ele estava sofrendo de problemas psicológicos. Não é um diagnóstico dos melhores, mas, enfim, esse é o tipo de coisa que você não quer para si mesmo. Então fui visitá-lo no hospital. Obviamente, ele não me reconheceu — eu tinha usado uma máscara de Papai Noel na agência dos correios. (Era o disfarce perfeito. Ninguém deu atenção aos três caras vestidos de Papai Noel com sacos nas costas quando eles saíram da agência e se misturaram à multidão das compras de Natal.) Parei à porta da enfermaria e olhei para o velho. Ele lia o *Luta de classes*, o jornal comunista. Não tenho nada contra os comunistas enquanto indivíduos. Ok, talvez eu tenha. Mas não *quero* ter nada contra eles, apenas acho que estão errados. Então me senti um pouco culpado quando percebi que me sentia muito melhor pelo sujeito estar lendo o *Luta de classes*. Obviamente existe uma grande diferença entre se sentir um pouco culpado e muito culpado. E, como eu disse, eu me senti *muito* melhor. Mas parei com os assaltos. Afinal de contas, não havia como garantir que o próximo seria comunista.

E não posso trabalhar com drogas, esse é o número três. Simplesmente não posso. Não que eu não seja capaz de arrancar dinheiro das pessoas que estão devendo aos meus empregadores. Os drogados só podem culpar a si mesmos e, na minha opinião, as pessoas devem pagar pelos seus erros, pura e simplesmente. O problema é que tenho uma natureza sensível, frágil, como certa vez disse minha mãe. Acho que ela se via em mim. De qualquer forma, preciso ficar bem longe das drogas. Como ela, sou o tipo de pessoa que está sempre à procura de algo a que se submeter. Religião, a figura de um irmão mais velho, um chefe. Bebida e drogas. Além disso, também sou péssimo em matemática, mal consigo contar até dez sem perder a concentração. O que é meio imbecil se você for vender drogas ou cobrar dívidas — isso deve ser bem óbvio.

Ok. A última. Prostituição. Mesma coisa. Não tenho problemas com mulheres que ganham dinheiro do jeito que elas querem e com a ideia de um sujeito — eu, por exemplo — ficar com um terço do dinheiro para cuidar das coisas de modo que elas possam se concentrar no trabalho propriamente dito. Um bom cafetão vale cada coroa que lhe pagam, sempre pensei assim. O problema é que me apaixono rápido demais, então deixo de ver as coisas como um negócio. E não suporto humilhar, espancar ou ameaçar as mulheres, quer eu esteja ou não apaixonado por elas. Algo a ver com a minha mãe, talvez, quem sabe? Provavelmente por isso também não suporto ver outras pessoas batendo nelas. Desperta algo em minha mente. Veja Maria, por exemplo. Surda-muda, manca. Não sei o que essas duas coisas têm a ver uma com a outra — provavelmente nada —, mas quando você começa a receber cartas ruins em um jogo, elas simplesmente continuam vindo. Talvez por isso Maria também tenha acabado com um namorado imbecil e drogado. Ele tinha um nome francês afetado, Myriel, mas devia 13 mil em drogas a Hoffmann. A primeira vez que a vi foi quando Pine, o chefe dos cafetões de Hoffmann, apontou para uma garota vestindo um casaco que parecia ter sido feito em casa e com o cabelo preso num coque; ela dava a impressão de ter acabado de sair da igreja. Estava sentada na escadaria em frente ao Ridderhallen, chorando, e Pine me disse que ela precisaria trabalhar para pagar a dívida do namorado. Achei melhor dar a ela um começo leve, apenas punhetas. Mas ela saltou do primeiro carro em que entrou menos de dez segundos depois. Ficou ali parada se derramando em lágrimas sob os gritos de Pine. Talvez o cara achasse que ela escutaria se gritasse alto o bastante. Talvez tenha sido isso. Os gritos. E a minha mãe. De qualquer forma, isso despertou algo em minha mente, e apesar de conseguir entender o que Pine queria colocar na cabeça dela por meio do uso de ondas sonoras muito altas, acabei cobrindo o cara de porrada, meu próprio chefe. Depois levei Maria para um apartamento que eu sabia estar vazio e fui dizer a Hoffmann que também não servia para cafetão.

Mas Hoffmann disse — e tive que concordar com ele — que não podia deixar as pessoas se safarem sem pagar suas dívidas, porque esse tipo de coisa logo chega aos ouvidos de outros clientes, mais importantes. Então, ciente de que Pine e Hoffmann estavam atrás da garota por ela ter sido idiota a ponto de assumir a dívida do namorado, procurei por aí até encontrar o francês num prédio invadido em Fagerborg. Estava tanto destruído pelas drogas quanto duro, então concluí que não conseguiria uma coroa sequer com ele, por mais que o pressionasse. Disse que se chegasse perto de Maria, eu enterraria seu nariz no cérebro. Para ser sincero, não sei ao certo se restava grande coisa de nenhum dos dois. Então voltei a Hoffmann, disse que o namorado tinha conseguido algum dinheiro, entreguei-lhe 13 mil e disse esperar que aquilo encerrasse a temporada de caça à garota.

Não sei se Maria foi usuária enquanto estavam juntos, se era do tipo que procura formas de ser submissa, mas ela parecia bem sóbria agora, pelo menos. Trabalhava em um pequeno supermercado, e eu aparecia de vez em quando para garantir que estava tudo bem e que o namorado drogado não tinha dado as caras para voltar a arruinar sua vida. Obviamente tomava cuidado para que não me visse, ficava do lado de fora, na escuridão, olhando para a loja bem-iluminada, observando-a sentada ao caixa, colocando coisas nas sacolas e apontando para um dos colegas se alguém falasse com ela. Às vezes acho que todos precisamos sentir que estamos à altura dos nossos pais. Não sei o que meu pai tinha para eu estar à altura dele — isso provavelmente tem mais relação com a minha mãe. Ela cuidava melhor das pessoas do que de si própria, e acredito que eu via isso como um tipo de ideal naqueles tempos. Só Deus sabe. De qualquer forma, eu não tinha grande utilidade para o dinheiro que ganhava com Hoffmann. E daí se desse uma carta boa para uma garota que havia recebido uma mão tão ruim?

Enfim. Para resumir, coloquemos dessa forma: não sou bom em dirigir devagar, sou muito sentimental, me apaixono fácil demais, perco a cabeça quando me irrito e sou ruim em matemática. Li alguns livros, mas não sei grande coisa, e certamente nada que ninguém ache útil. E estalactites crescem mais rápido do que eu consigo escrever.

Então que serventia alguém como eu pode ter para um homem como Daniel Hoffmann? A resposta — vocês já devem ter concluído — é como matador.

Não preciso dirigir, mato basicamente o tipo de homem que merece morrer e não há cálculos muito difíceis de fazer. Não nesse momento, de qualquer forma.

Existem duas considerações.

Para começar, tem o ponteiro que nunca para de girar: quando exatamente você chega ao ponto em que sabe tanto sobre o seu chefe que ele começa a ficar preocupado? E quando você sabe que ele começa a se perguntar se deve matar o matador? Como uma daquelas viúvas-negras. Não que eu saiba grande coisa sobre aracnologia ou como quer que se chame, mas acho que as viúvas deixam os machos, que são bem menores, fodê-las. Então, quando o bicho termina e a fêmea não tem mais utilidade para ele, ela o come. Em *Reino animal 4: insetos e aranhas* da Biblioteca Deichman, tem a fotografia de uma viúva-negra com o pedipalpo do macho, que é tipo o pau da aranha, arrancado com a boca. E é possível ver a marca vermelho-sangue em forma de ampulheta no abdome da fêmea. Porque a areia está correndo, sua aranhazinha macho patética, e você precisa se limitar ao seu horário de visitação. Ou, para ser mais exato, você precisa saber quando o horário de visitação acabou. Então dê o fora e seja o que Deus quiser, com algumas balas nas costas ou não — você simplesmente precisa cair fora, ir para o único lugar seguro.

Era assim que eu via as coisas. Faça o que você precisa fazer, mas não se aproxime demais.

E foi por isso que fiquei preocupado, preocupado de verdade, com o novo trabalho que Hoffmann me deu.

Ele queria que eu apagasse sua esposa.

Capítulo 2

— Quero que você faça parecer um arrombamento, Olav.

— Por quê? — perguntei.

— Porque precisa parecer outra coisa, não o que realmente é. A polícia sempre fica incomodada quando civis são mortos. Eles se esforçam demais na investigação. E quando uma mulher que tem um amante é encontrada morta, tudo aponta para o marido. É óbvio que em noventa por cento dos casos isso é perfeitamente justificado.

— Setenta e quatro, senhor.

— Como?

— É só algo que eu li, senhor.

Ok, geralmente não chamamos as pessoas de "senhor" na Noruega, não importa o quanto sejam superiores. Com exceção da família real, é claro; eles são tratados por Sua Alteza Real. Daniel Hoffmann provavelmente teria preferido isso. O título de "senhor" foi algo que ele importou da Inglaterra, junto com móveis de couro, estantes de mogno vermelho e livros com encadernação de couro, cheios de páginas velhas, amareladas e não lidas do que presumivelmente são clássicos ingleses. Não sei se são mesmo, pois só reconheço os nomes de sempre: Dickens, Brontë, Austen. Os autores mortos deixavam o ar do escritório tão seco que eu sempre acabava tossindo, borrifando células pulmonares por aí bem depois das minhas visitas. Não tenho ideia do que tanto fascinava Hoffmann na Inglaterra, mas eu sabia que ele havia passado algum tempo por lá quando estudante e que tinha voltado para casa com a mala cheia de paletós de tweed, ambição e uma forma afetada de falar inglês com sotaque de Oxford misturado ao norueguês. Nada de diploma ou certificados, apenas a crença de que dinheiro é tudo. E de que para ter sucesso nos negócios você precisa se concentrar em mercados onde a competição é mais fraca. O que em Oslo naqueles tempos era sinônimo de prostituição. Acho que a análise foi de fato simples assim. Daniel Hoffmann concluiu que num mercado operado por charlatães, idiotas e amadores, até mesmo um homem mediano poderia acabar rei do castelo. Era apenas uma questão de ter a flexibilidade moral necessária para recrutar e mandar garotas para a prostituição diariamente. E, depois de pensar um pouco sobre o assunto, Daniel Hoffmann concluiu que tinha. Quando expandiu os negócios para o mercado da heroína alguns anos depois, ele já se considerava um caso bem-sucedido. E uma vez que até aquele momento o mercado da heroína em Oslo era comandado por palhaços, idiotas e amadores, além de viciados, e uma vez que ficou claro que Hoffmann também possuía flexibilidade moral suficiente para despachar gente para um inferno repleto de entorpecentes, o novo ramo se tornou outro sucesso. O único problema com o qual ele agora se defrontava era o Pescador. O Pescador era um rival relativamente recente no mercado de heroína, e, como ficou claro, não era nenhum idiota. Só Deus sabe que há drogados suficientes para ambos em Oslo, mas eles se esforçam para acabar um com o outro. Por quê? Bem, acredito que nenhum dos dois nasceu com o meu talento inato para a subordinação. E as coisas ficam um pouco complicadas quando gente assim, que *precisa* estar no comando, que *precisa* sentar no trono, descobre que a mulher está sendo infiel. Acredito que os Daniel Hoffmanns desse mundo teriam vidas melhores e mais simples se fossem capazes de aprender a olhar para o outro lado e talvez aceitar que as esposas tenham um caso aqui e outro ali.

— Estava pensando em tirar umas férias no Natal — eu disse. — Convidar uma pessoa para ir comigo e ficar fora por algum tempo.

— Uma companheira de viagem? Não sabia que você era íntimo de alguém, Olav. Essa é uma das coisas que gosto em você, sabe? Que você não tenha ninguém com quem compartilhar seus segredos. — Ele sorriu e bateu a cinza do charuto. Não fiquei contrariado, ele não falou por mal. A palavra "Cohiba" estava estampada no anel do charuto. Li em algum lugar que na virada do século charutos eram os presentes de Natal mais comuns no Ocidente. Seria uma boa ideia? Eu sequer sabia se ela fumava ou não. Nunca a vi fumar no trabalho, pelo menos.

— Ainda não convidei — eu disse. — Mas...

— Pagarei cinco vezes os honorários de costume — interrompeu Hoffmann. — Assim você pode levar a pessoa em questão para férias intermináveis, se quiser.

Tentei fazer as contas. Mas, como eu disse, sou imprestável nisso.

— Aqui está o endereço — disse Hoffmann.

Eu trabalhava para ele havia quatro anos, mas não sabia onde morava. Por que eu deveria saber? Ele não sabia onde eu morava. E eu também nunca tinha visto a esposa, apenas ouvira Pine falar como era gostosa e o quanto faturaria se tivesse uma puta daquela nas ruas.

— Ela fica sozinha em casa a maior parte do dia — prosseguiu Hoffmann. — Ao menos é o que me diz. Faça do jeito que preferir, Olav. Confio em você. Quanto menas informações eu souber, melhor. Entendido?

Fiz que sim. Quanto *menos* informações eu souber, pensei.

— Olav?

— Sim, senhor, entendido.

— Bom.

— Deixe-me pensar a respeito até amanhã, senhor.

Hoffmann arqueou uma de suas sobrancelhas bem-feitas. Não sei grande coisa sobre evolução, mas Darwin não disse que existem apenas seis expressões faciais universais para as emoções humanas? Não faço ideia se Hoffmann tinha as seis emoções humanas, mas acredito que sua intenção ao arquear as sobrancelhas em vez de me dirigir um olhar boquiaberto era exprimir uma leve contrariedade combinada com reflexão e inteligência.

— Acabo de te dar os detalhes, Olav. E agora, depois disso, você pensa em *recusar*?

Mal era possível ouvir a ameaça. Não, na verdade, se fosse esse o caso eu provavelmente não a teria notado. Sou completamente surdo no que diz respeito a perceber semitons e entrelinhas no que as pessoas dizem. Então podemos presumir que a ameaça era óbvia. Daniel Hoffmann tinha olhos azuis-claros e cílios pretos. Se fosse uma garota, eu diria que era maquiagem. Não sei por que mencionei isso, não tem nada a ver com nada.

— Não tive tempo de responder antes que me desse os detalhes, senhor — respondi. — Terá a resposta esta noite, tudo bem?

Ele olhou para mim. Soprou fumaça de charuto na minha direção. Fiquei ali sentado com as mãos no colo, como um operário sofrendo uma reprimenda do patrão.

— Até as seis — disse ele. — É quando saio do escritório.

Assenti.

Enquanto eu caminhava para casa pelas ruas do centro em meio à nevasca, o relógio bateu as quatro da tarde e a escuridão voltou a se assentar sobre a cidade depois de algumas poucas horas de luz cinzenta. O vento ainda estava forte, e um inquietante assobio vinha de recantos escuros. Mas, como eu disse, não acredito em fantasmas. A neve chiava sob as solas das minhas botas, como lombadas de livros velhos estalando ao serem manejadas, enquanto eu pensava. Geralmente tento não fazer isso. Não é uma área em que vejo qualquer esperança de progresso com a prática, e a experiência me ensinou que raramente termina em coisa boa. Mas voltei à primeira das duas considerações. O trabalho em si devia ser tranquilo. Para ser sincero, seria mais fácil que os outros que fiz. E eu também não tinha problemas com o fato de que ela iria morrer: como disse, acredito que todos nós — tanto homens quanto mulheres — precisamos aceitar as consequências quando cometemos erros. O que mais me preocupava era o que provavelmente aconteceria depois. Quando eu fosse o cara que tinha apagado a esposa de Hoffmann. O homem que sabia de tudo e tinha o poder de determinar o futuro de Daniel Hoffmann depois que a polícia começasse a investigar. Poder sobre uma pessoa insubordinável. E um homem a quem Hoffmann devia cinco vezes o pagamento habitual. Por que tinha oferecido aquilo por um trabalho menos complicado que o normal?

Eu sentia como se estivesse sentado a uma mesa de pôquer com quatro maus perdedores fortemente armados e naturalmente desconfiados. E acabava de receber uma mão com quatro ases. Às vezes, boas notícias são tão improváveis que se tornam ruins.

Ok, então o que um jogador de pôquer esperto faria nessa situação seria livrar-se das cartas, engolir a perda e esperar por uma sorte melhor — e mais apropriada — na próxima rodada. Meu problema é que era tarde demais para desistir da mão. Eu sabia que Hoffmann estaria por trás do assassinato da esposa, independentemente do fato de ser eu ou outra pessoa a matá-la.

Eu me dei conta de aonde os meus passos haviam me levado e olhei para a luz.

Ela estava com os cabelos presos num coque, da forma como a minha mãe costumava fazer. Assentia e sorria para os clientes que falavam com ela. A maioria provavelmente sabia que era surda-muda. Desejavam "Feliz Natal", agradeciam. As típicas amabilidades que as pessoas dizem umas às outras.

Cinco vezes o pagamento habitual. Férias intermináveis.

Capítulo 3

Consegui um quarto num pequeno hotel bem em frente ao apartamento dos Hoffmanns na Bygdøy Allé. O plano era observar as ações da esposa por dois dias, ver se ia a algum lugar quando o marido estava trabalhando ou se recebia visitas. Não que eu estivesse interessado em descobrir quem era o amante. Meu objetivo era simplesmente escolher a melhor hora, o momento menos arriscado para agir, quando ela estivesse sozinha em casa e fosse improvável que alguém incomodasse.

O quarto provou ser o ponto perfeito não apenas para observar o ir e vir de Corina Hoffmann, mas também para ver o que fazia dentro do apartamento. Evidentemente, eles nunca se davam ao trabalho de fechar as cortinas. A maioria não faz isso numa cidade onde não há necessidade de bloquear a luz do sol, e as pessoas na rua estão mais interessadas em chegar a algum lugar com aquecimento do que em ficar paradas e espiar.

Nas primeiras horas não vi ninguém ali dentro. Apenas uma sala de estar banhada de luz. Os Hoffmanns não eram exatamente econômicos com a eletricidade. Os móveis não eram ingleses, estavam mais para franceses, em especial o estranho sofá no centro da sala, com encosto em apenas uma das extremidades. Presumivelmente era o que os franceses chamam de *chaise longue*, o que — a não ser que a professora de francês estivesse zombando de mim — significa "cadeira longa". Entalhes assimétricos, ornamentados, estofamento com algum tipo de inspiração na natureza. Rococó, de acordo com os livros de história da arte da minha mãe, mas até onde eu sei podia muito bem ter sido feito por algum artesão e pintado ao estilo tradicional do interior da Noruega. De qualquer forma, não era o tipo de móvel que uma pessoa jovem escolheria, então suponho que tenha sido da ex-mulher de Hoffmann. Pine disse que ele a expulsou de casa quando ela fez 50 anos. *Porque* ela fez 50 anos. E porque o filho dos dois tinha saído de casa e ela não tinha mais qualquer função ali. De acordo com Pine, ele disse tudo isso na cara da mulher, e ela aceitou. Junto com um apartamento à beira-mar e um cheque de um milhão e meio de coroas.

Para passar o tempo, peguei as folhas de papel em que vinha escrevendo. Eram apenas um rascunho. Bem, isso não é totalmente verdade, acho que estava mais para uma carta. Uma carta para alguém cuja identidade eu não conhecia. Bem, talvez eu conhecesse. Mas não sou grande coisa escrevendo, então havia muitos erros, muito a ser cortado. Para ser sincero, muito papel e muita tinta tinham sido usados para cada palavra que mantive. E as coisas avançavam tão devagar dessa vez que acabei deixando o papel de lado, acendendo um cigarro e divagando um pouco.

Como eu disse, nunca tinha visto qualquer integrante da família Hoffmann, mas conseguia vislumbrá-los em minha mente ao ficar ali observando o apartamento do outro lado da rua. Gosto de espiar as pessoas. Sempre gostei. Então fiz o mesmo de sempre e imaginei uma vida familiar ali dentro. Um filho de 9 anos que acaba de chegar da escola, sentado na sala lendo todos os livros estranhos que pegou na biblioteca. A mãe cantando baixinho consigo mesma na cozinha ao preparar o jantar. A forma como mãe e filho se empertigam por um instante quando vem um barulho da porta. Então subitamente relaxam quando o homem na entrada diz "cheguei!" em voz clara e animada, e eles correm para recebê-lo e abraçá-lo.

Enquanto eu estava ali, imerso em pensamentos felizes, Corina Hoffmann entrou na sala vindo do quarto, e tudo mudou.

A luz.

A temperatura.

As considerações.

Naquela tarde não fui ao supermercado.

Não esperei Maria como fazia de vez em quando, não a segui até o metrô a uma distância segura, não fiquei bem atrás dela na multidão no centro do vagão, onde ela sempre gostava de ficar mesmo que houvesse assentos disponíveis. Naquela tarde não fiquei como um homem louco, sussurrando para ela coisas que apenas eu podia ouvir.

Naquela tarde sentei-me, enfeitiçado, em um quarto escuro, olhando para a mulher do outro lado da rua. Corina Hoffmann. Eu podia dizer o que quisesse, na altura que quisesse — não havia ninguém para me ouvir. E eu não precisava olhar para ela escondido, não precisava fitar seus cabelos com tamanha intensidade a ponto de ver ali uma beleza que na verdade não existia.

Equilibrista. Foi a primeira coisa que me veio à cabeça quando Corina Hoffmann entrou na sala. Ela vestia um roupão branco atoalhado e se movia como um gato. Com isso não quero dizer que ela andava como alguns mamíferos, movendo as duas patas de um lado do corpo antes de mover as outras. Ao menos foi isso que ouvi falar. O que quero dizer é que os gatos — se entendi bem — andam na ponta dos pés e colocam as patas de trás no mesmo lugar das patas da frente. Era o que Corina fazia. Colocava os pés descalços no chão com os tornozelos firmes, então pisava com o segundo pé perto do primeiro. Equilibrista.

Tudo em Corina Hoffmann era bonito. O rosto, com maçãs salientes, lábios de Brigitte Bardot, os cabelos louros, brilhantes, despenteados. Os braços longos e finos emergindo das mangas folgadas do roupão, a parte dos seios, tão macios que se moviam quando ela caminhava e respirava. E a pele branca, branca, dos seus braços, seu rosto, seus seios, suas pernas — maldição, era como neve cintilando ao sol, capaz de cegar um homem em apenas algumas horas. Basicamente, eu gostava de tudo em Corina Hoffmann. Exceto do sobrenome.

Ela parecia estar entediada. Bebeu café. Falou ao telefone. Folheou uma revista, mas ignorou os jornais. Desapareceu banheiro adentro, então saiu outra vez, ainda vestindo o roupão. Colocou um disco, dançou sem grande entusiasmo. Swing, ao que parecia. Comeu alguma coisa. Olhou as horas. Quase seis. Colocou um vestido, arrumou o cabelo e trocou o disco. Abri a janela e tentei ouvir, mas havia trânsito demais. Então voltei a pegar os binóculos e tentei enxergar a capa que ela havia deixado sobre a mesa. Parecia ter a fotografia de um compositor. Antonio Lucio Vivaldi? Quem sabe? O que importa é que a mulher que Daniel Hoffmann encontrou em casa era outra, completamente diferente daquela com quem passei o dia todo.

Eles passaram um pelo outro. Não se tocaram. Não se falaram. Como dois elétrons que se afastam um do outro por ambos terem carga negativa. Mas acabaram no mesmo quarto.

Fui para a cama, mas não consegui dormir.

O que nos faz perceber que vamos morrer? O que acontece no dia em que nos damos conta de que não é apenas uma possibilidade, mas um maldito fato inevitável que a nossa vida chegará ao fim? É óbvio, cada um tem uma resposta diferente, mas para mim foi ver o meu pai morrer. Ver o quanto foi banal e físico, como uma mosca batendo no para-brisa. Na verdade, o mais interessante é: uma vez que chegamos a essa constatação, o que nos faz voltar a duvidar? Será que ficamos mais espertos? Como aquele filósofo — David qualquer coisa — que escreveu que o simples fato de algo continuar acontecendo não garante que essa coisa voltará a acontecer. Sem provas lógicas, não *sabemos* que a história irá se repetir. Será que ficamos mais velhos e assustados à medida que nos aproximamos do fim? Ou será outra coisa qualquer? É como se um dia víssemos algo que não sabíamos que existia. Como se sentíssemos algo que não sabíamos ter a capacidade de sentir. Como se ouvíssemos um baque oco ao bater na parede e nos déssemos conta de que pode haver um cômodo do outro lado. E se acende uma fagulha de esperança, uma esperança terrível, exaustiva, que nos consome e não pode ser ignorada. A esperança de que talvez exista uma rota de fuga da morte, um atalho para um lugar desconhecido. De que existe um sentido. De que existe uma narrativa.

Na manhã seguinte me levantei no mesmo horário que Daniel Hoffmann. Estava completamente escuro quando ele saiu. Não sabia que eu estava ali. Não *queria* saber, como teve o cuidado de ressaltar.

Então apaguei a luz, sentei na cadeira junto à janela e me acomodei para esperar por Corina. Voltei a pegar os papéis e corri os olhos pelo meu rascunho de carta. As palavras estavam mais incompreensíveis que o habitual, e as poucas que entendi subitamente pareceram irrelevantes e mortas. Por que eu simplesmente não jogava aquilo fora? Por que tinha passado tanto tempo compondo aquelas malditas frases? Coloquei tudo de lado e avaliei a inércia das ruas desertas do inverno de Oslo, até que ela finalmente apareceu.

O dia foi muito parecido com o anterior. Ela saiu por algum tempo e eu fui atrás. Ao seguir Maria, aprendi a melhor forma de fazer isso sem ser notado. Corina comprou um cachecol numa loja, bebeu café com alguém que parecia ser uma amiga, a julgar pela linguagem corporal das duas, e depois foi para casa.

Ainda eram apenas dez horas, e eu preparei uma xícara de café. Observei-a deitada na chaise longue no centro da sala. Ela tinha colocado outro vestido. O tecido escorregava pelo seu corpo sempre que se movia. Uma chaise longue é um tipo de móvel estranho, indefinido. Quando ela se mexia para encontrar uma posição mais confortável, fazia-o lenta, elaborada, conscientemente. Como se soubesse que era observada. Que era desejada. Ela consultou as horas, folheou a revista, a mesma do dia anterior. Então retesou o corpo, de forma quase imperceptível.

Não consegui ouvir a campainha.

Ela levantou, foi até a porta daquele jeito lânguido, suave, felino, e a abriu.

Ele tinha cabelo escuro, era relativamente magro, tinham a mesma idade.

Ele entrou, fechou a porta atrás de si, pendurou o casaco e chutou os sapatos para longe, de uma forma que sugeria que aquela não era a primeira visita. Nem a segunda. Não havia dúvida disso. Nunca houve qualquer dúvida. Então por que eu duvidei? Porque queria duvidar?

Ele deu um tapa nela.

Fiquei tão chocado que a princípio pensei não ter visto direito. Mas então ele bateu nela outra vez. Deu-lhe uma bofetada no rosto com a palma da mão. Pela boca de Corina, vi que gritava.

Ele a agarrou pela garganta com uma mão e arrancou o vestido com a outra.

Ali, debaixo do lustre, sua pele nua era tão branca que parecia ser uma única superfície sem contornos, apenas uma brancura impenetrável, como neve à luz opaca de um dia encoberto ou enevoado.

Ele a levou até a chaise longue. Ficou de pé ali com as calças arriadas nos tornozelos enquanto ela permanecia deitada sobre as pálidas imagens bordadas de paisagens virginais, idealizadas, de florestas europeias. Ele era magro. Eu podia ver os músculos se movendo sob as costelas. Os músculos do traseiro se contraíam e relaxavam como uma bomba. Ele estremecia, como se estivesse furioso por aquilo ser o máximo que ele poderia fazer. Ela ficava ali deitada, de pernas abertas, passiva, como um cadáver. Quis desviar os olhos, mas não consegui. Vê-los daquela forma me lembrava alguma coisa. Mas não consegui lembrar o quê.

Eu me lembrei naquela noite, depois que tudo se aquietou. Sonhei com uma foto que vi num livro quando criança. *Reino animal 1: mamíferos*, da Biblioteca Deichman. Era uma foto da savana do Serengeti, na Tanzânia, algo assim. Três hienas esqueléticas, furiosas, com a musculatura retesada, haviam conseguido abater a própria presa ou roubado a carniça dos leões. Duas delas, com os traseiros contraídos, enterravam as mandíbulas na barriga aberta da zebra. A terceira olhava para a câmera. A cabeça estava suja de sangue, e a boca cheia de dentes, escancarada. Mas era do olhar que eu mais lembrava. A expressão que aqueles olhos amarelos dirigiam à câmera e que saltava da página do livro. Era um alerta. *Isso não é seu, é nosso. Suma daqui. Ou vamos matar você também.*

Capítulo 4

Quando sigo você no metrô, sempre espero que o nosso vagão passe por uma junção nos trilhos antes de dizer qualquer coisa. Talvez sejam pontos onde as linhas se dividem. De qualquer forma, é um lugar subterrâneo, onde o metal chia e trepida contra metal, um som que me lembra algo, algo que tem relação com palavras, coisas se encaixando no lugar, algo a ver com destino. O trem balança, e qualquer um que não seja um passageiro habitual momentaneamente perde o equilíbrio e precisa buscar apoio, algo que o ajude a se manter de pé. A mudança de trilhos faz barulho suficiente para abafar qualquer coisa que eu queira dizer. Sussurro o que eu quiser. Bem no momento em que ninguém mais pode me ouvir. Você não seria capaz de me ouvir, de qualquer forma. Apenas eu consigo me escutar.

O que eu digo?

Não sei. Apenas coisas que me vêm à cabeça. Coisas. Não sei de onde vêm ou se realmente as sinto. Bem, talvez as sinta naquele momento. Porque você também é bonita quando estou ali na multidão bem às suas costas, olhando apenas para o coque no seu cabelo e imaginando o resto.

Mas agora só consigo pensar que você tem o cabelo escuro. Você não é loura como Corina. Seus lábios não são tão cheios de sangue que tenho vontade mordê-los. Não há música no movimento de suas costas nem na curva de seus seios. Você só esteve aqui até agora porque não havia mais ninguém. Você preencheu um vazio que eu nunca soube que existia.

Você me convidou à sua casa para jantar aquela vez, pouco depois de eu tê-la livrado da encrenca. Concluí que fosse apenas um agradecimento. Você escreveu um bilhete e me entregou. Eu disse sim. Ia escrever, mas você sorriu para me dizer que tinha entendido.

Eu não fui.

Por que não?

Se soubesse a resposta para perguntas como essa...

Eu sou eu e você é você? Talvez fosse isso.

Ou seria ainda mais simples? Como o fato de você ser surda-muda e manca. Já tenho mais que a minha cota de deficiências. Como eu disse, só presto para uma coisa. E o que diabos teríamos a dizer um ao outro? Você, sem dúvida, teria sugerido que escrevêssemos, e eu — como já disse — sou disléxico. E se não disse isso antes, estou dizendo agora.

E como você provavelmente deve desconfiar, Maria, um homem não deve ficar lá muito excitado com você rindo alto e esganiçado daquele jeito que os surdos fazem porque ele conseguiu escrever "que olhos lindos você tem" com quatro erros de ortografia.

Enfim. Eu não fui. E isso foi tudo.

Daniel Hoffmann quis saber por que eu estava demorando tanto para terminar o trabalho.

Perguntei se ele concordava com o fato de que eu deveria ter cuidado para não deixar evidências que pudessem levar a nenhum de nós dois antes de agir. Ele concordou.

Então continuei a observar o apartamento.

Nos dias seguintes o rapaz a visitou diariamente no mesmo horário, três da tarde, logo depois de escurecer. Entrava, pendurava o casaco, batia nela. Era sempre a mesma coisa. A princípio ela erguia os braços em frente ao corpo. Pelos movimentos da boca e pelos músculos do pescoço eu via que Corina gritava, implorava para que parasse. Mas ele não parava. Não até que lágrimas rolassem pelo rosto dela. Então — e apenas então — ele arrancava o vestido. Toda vez um novo vestido. Depois a possuía na chaise longue. E era óbvio que ele estava no controle. Acho que ela deve tê-lo amado perdidamente. Da mesma forma que Maria amava o namorado drogado. Algumas mulheres não sabem o que é melhor para elas, simplesmente oferecem amor sem exigir nada em troca. É como se a falta de reciprocidade piorasse tudo. Acho que elas esperam ser recompensadas algum dia, pobrezinhas. Paixão esperançosa, desesperada. Alguém devia dizer a elas que não é assim que o mundo funciona.

Mas não acredito que Corina estivesse tão apaixonada. Não parecia interessada nele dessa forma. Ok, ela até poderia acariciá-lo depois que faziam amor, acompanhá-lo até a porta quando estava para partir, quarenta e cinco minutos depois de chegar, e se aninhar nele de um jeito levemente afetado, talvez sussurrando doces nadas. Mas parecia quase aliviada quando ele ia embora. E eu gosto de pensar que sei como é o amor. Então por que ela — a jovem esposa do maior fornecedor de diversão da cidade — estaria disposta a arriscar tudo por um caso ordinário com um homem que batia nela?

Era a noite do quarto dia quando um pensamento me ocorreu. E a primeira coisa que me passou pela cabeça depois disso foi o quanto era estranho eu ter demorado tanto para chegar àquela conclusão. O amante tinha algo contra ela. Algo que podia contar a Daniel Hoffmann se ela não fizesse o que queria.

Quando acordei no quinto dia já tinha me decidido. Eu queria testar o atalho para o lugar que não sabíamos existir.

Capítulo 5

A neve caía com suavidade.

Quando o sujeito chegou, às três da tarde, trouxe algo para ela. Algo numa caixinha. Eu não consegui ver o que era, apenas que ela se iluminou por um momento. Iluminou a escuridão do lado de fora da janela. Parecia estar surpresa. Eu próprio fiquei surpreso. Mas prometi a mim mesmo que o sorriso que ela mostrou ao homem seria dirigido a *mim*. Eu só precisava fazer as coisas do jeito certo.

Quando ele foi embora, pouco depois das quatro — tinha ficado um pouco mais que o habitual —, eu já aguardava nas sombras do outro lado da rua.

Vi quando ele desapareceu na escuridão e ergui os olhos. Ela estava junto à janela da sala, como se atuasse em um palco. Estendeu a mão e analisou algo nela, não consegui ver o quê. Então subitamente fitou as sombras onde eu estava. Eu sabia que não poderia ter me visto, mas mesmo assim... Aquele olhar penetrante, indagador. Subitamente havia algo assustado, desesperado, quase suplicante em seu rosto. "Uma consciência de que o destino não pode ser forjado", como dizia o livro, sabe Deus qual. Toquei a pistola no bolso do meu casaco.

Aguardei até que ela saísse da janela, então emergi das sombras. Atravessei a rua rapidamente. Na calçada, vi as pegadas deixadas pelas botas dele na neve fresca. Apertei o passo para alcançá-lo.

Vi as costas dele ao dobrar a próxima esquina.

Obviamente, havia pensado em inúmeras possibilidades.

Ele poderia ter um carro estacionado em algum lugar. Nesse caso, provavelmente numa rua lateral em Frogner. Deserta, mal-iluminada, perfeita. Ou poderia estar indo a algum lugar — um bar, um restaurante. Nesse caso eu poderia esperar. Tinha todo o tempo do mundo. Eu *gostava* de esperar. Gostava do tempo entre tomar a decisão e colocá-la em prática. Eram os únicos minutos, horas, dias da minha vida assumidamente breve em que eu *era* alguém. Eu era o destino de alguém.

Ele poderia pegar um ônibus ou táxi. A vantagem disso era que acabaríamos um pouco mais longe de Corina.

Seguiu rumo à estação do metrô próxima ao Teatro Nacional.

Não havia praticamente ninguém na rua, então me aproximei.

Ele desceu para uma das plataformas com trens rumo ao oeste. Então ele vinha da zona oeste da cidade. Não era o tipo de lugar onde eu passaria muito tempo. Muito dinheiro, pouco uso, como meu pai costumava falar. Não faço ideia do que ele queria dizer com isso.

Não era a linha que Maria costumava pegar, apesar de passarem pelos mesmos trilhos nas primeiras estações.

Ocupei o assento atrás dele. Estávamos no túnel, mas não havia mais qualquer diferença entre aquela escuridão e a noite lá fora. Sabia que logo chegaríamos ao lugar. Haveria um ruído de metal contra metal e o trem daria aquela leve sacudida.

Brinquei com a ideia de pressionar o cano da pistola no encosto do assento e apertar o gatilho quando passássemos por aquele ponto.

E quando fizemos isso — passamos por ele — percebi pela primeira vez o que me lembrava. Metal contra metal. Uma sensação de ordem, de coisas se encaixando no devido lugar. De destino. Era o som do meu trabalho, das partes móveis da arma — pino e cão, ferrolho e coice.

Fomos os únicos passageiros que desceram em Vinderen. Eu o segui. A neve era ruidosa. Tive o cuidado de sincronizar meus passos com os dele, para que não me ouvisse. Havia casarões isolados de ambos os lados, mas estávamos tão sozinhos que poderíamos estar na lua.

Adiantei-me até ele e, quando começou a se virar, talvez para ver se era alguém da vizinhança, disparei na base de sua coluna. Ele caiu ao lado de uma cerca e eu o virei com o pé. Ele me fitou com olhos vidrados e por um instante achei que já estivesse morto. Mas então ele moveu os lábios.

Poderia ter atirado no coração, no pescoço ou na cabeça. Por que atirei primeiro nas costas? Haveria algo que eu quisesse perguntar a ele? Talvez, mas a essa altura eu já teria esquecido. Ou não pareceu importante. De perto ele não tinha nada de especial. Atirei no rosto. Uma hiena com o focinho sujo de sangue.

Notei a cabeça de um menino sobre a cerca. Tinha neve acumulada nas luvas e no gorro. Talvez estivesse tentado fazer um boneco de neve. Não é fácil quando a neve está tão poeirenta. Tudo insiste em desmoronar, escorrer pelos dedos.

— Ele está morto? — indagou o menino, olhando para o cadáver. Talvez soe estranho chamar alguém de cadáver alguns segundos depois de a pessoa em questão ter morrido, mas essa é a forma como sempre vi a situação.

— Ele era seu pai? — perguntei.

O menino fez que não.

Não sei por que pensei nisso. Por que tive a impressão de que aquele homem morto deveria ser pai daquele menino tão calmo. Bem, eu sei, na verdade. Eu teria reagido daquela mesma forma.

— Ele mora ali — disse o menino, apontando com uma mão enluvada enquanto chupava a neve da outra, sem tirar os olhos do morto.

— Não vou vir atrás de você — eu disse. — Mas esqueça a minha cara. Ok?

— Ok. — As bochechas dele se contraíam e relaxavam ao redor da luva coberta de neve, como um bebê sugando um mamilo.

Eu me virei e voltei pelo mesmo caminho. Limpei o punho da pistola e a joguei em um dos bueiros nos quais a neve fina ainda não conseguira se acumular. Seria encontrada, mas pela polícia, não por um moleque qualquer. Eu nunca pegava o metrô, ônibus ou táxi depois de apagar alguém, era proibido. Caminhe normalmente, com passo rápido, e se vir a polícia vindo na sua direção, vire-se e ande em direção à cena do crime. Já estava quase em Majorstua quando ouvi as primeiras sirenes.

Capítulo 6

Foi há apenas uma semana, por aí. Como sempre eu aguardava, escondido perto dos latões de lixo no estacionamento atrás do supermercado depois do fechamento. Ouvi o leve clique quando a porta abriu e depois voltou a bater. Era fácil reconhecer os passos mancos de Maria. Esperei um pouco mais, então fui na mesma direção. Na minha opinião, eu não a *sigo*. Obviamente, é ela quem decide para onde vamos, e naquele dia não fomos direto para a estação do metrô. Passamos numa floricultura, depois subimos até o cemitério perto da Igreja de Aker. Não havia mais ninguém por lá, e esperei do lado de fora para que ela não me visse. Quando voltou, não carregava mais o buquê de flores amarelas. Ela seguiu na direção de Kirkeveien, rumo à estação, e eu entrei no cemitério. Encontrei as flores numa sepultura recente, mas já coberta de gelo. A lápide era bonita e reluzente. Um nome familiar, de sonoridade francesa. Lá estava ele, o drogado. Não sabia que tinha morrido. Evidentemente, pouca gente sabia. Não havia data de morte, apenas o mês, outubro, e o ano. Sempre achei que chutavam uma data se não tivessem certeza. Não parecia tão solitário. Era menos solitário deitar aqui em meio à multidão num cemitério coberto de neve.

Ao caminhar para casa, pensei que podia deixar de segui-la. Ela estava em segurança. Eu esperava que ela se sentisse segura. Que ele, o drogado, tivesse sussurrado às suas costas: "Não vou vir atrás de você. Mas esqueça a minha cara." Sim, era o que eu esperava. Não vou mais segui-la, Maria. Sua vida começa agora.

Parei na cabine telefônica da Bogstadveien.

Minha vida também começava ali, com aquele telefonema. Precisava me libertar de Daniel Hoffmann. Aquele era o começo. O resto era mais incerto.

— Resolvido — eu disse.

— Bom.

— Não ela, senhor. Ele.

— Como?

— Resolvido, o suposto amante. — Ao telefone sempre dizíamos "resolvido". Como precaução para o caso de entreouvirem nossa conversa ou de o telefone estar grampeado. — Você não voltará a vê-lo, senhor. E eles não eram amantes de verdade. Ele a forçava. Estou convencido de que ela não o amava, senhor.

Falei rápido, mais rápido que o habitual, e uma longa pausa se seguiu. Ouvi Daniel Hoffmann respirar fundo. Fungar, na verdade.

— Você... você matou Benjamin?

Eu já sabia que não devia ter ligado.

— Você... você matou o meu único... filho?

Meu cérebro registrou e interpretou as ondas sonoras, traduziu-as em palavras e passou a analisá-las. Filho? Seria possível?

Um pensamento começou a se formar. O jeito como o amante jogava os sapatos de lado. Como se já tivesse estado ali muitas vezes. Como se já tivesse morado ali.

Desliguei.

Corina Hoffmann me fitou horrorizada. Usava um vestido diferente, e o cabelo ainda não tinha secado. Eram cinco e quinze e, como em ocasiões anteriores, ela havia tomado banho para apagar todos os sinais do morto antes que o marido chegasse em casa.

Eu tinha acabado de dizer a ela que havia recebido ordens para matá-la.

Ela tentou bater a porta, mas fui mais rápido.

Coloquei o pé para dentro e forcei a porta. Ela cambaleou para trás, para a luz da sala de estar. Agarrou-se à chaise longue. Como uma atriz no palco, interagindo com o cenário.

— Estou implorando... — começou, estendendo um braço à sua frente. Vi algo reluzir. Um grande anel com uma pedra. Não o tinha visto antes.

Dei um passo à frente.

Ela começou a gritar. Agarrou uma luminária e investiu contra mim. Fiquei tão surpreso com o ataque que consegui apenas desviar e evitar o golpe. A força e o impulso a fizeram perder o equilíbrio, e eu a segurei. Senti sua pele úmida na palma das minhas mãos, o cheiro intenso. Me perguntei o que ela tinha usado no chuveiro. Será que era o cheiro dela? Segurei-a com firmeza, sentindo sua respiração acelerada. Meu Deus, eu a queria ali, naquele momento. Mas não, eu não era como ele. Não era como eles.

— Não estou aqui para matar você, Corina — sussurrei em seu cabelo. Inspirei seu cheiro. Era como fumar ópio; eu me sentia entorpecido, mas todos os meus sentidos vibravam. — Daniel sabe que você tinha um amante. Benjamin. Ele está morto agora.

— Benjamin está... morto?

— Sim. E se você estiver aqui quando Daniel chegar em casa ele vai matá-la também. Precisa vir comigo, Corina.

Ela pestanejou, confusa.

— Para onde?

Era uma pergunta surpreendente. Eu esperava "por quê?", "quem é você?" ou "você está mentindo!". Mas talvez ela tenha instintivamente percebido que eu dizia a verdade, que era urgente; por isso foi direto ao ponto. Ou estava apenas tão confusa e resignada que disse a primeira coisa que lhe veio à cabeça.

— Para outro lugar — eu disse.

Capítulo 7

Ela estava encolhida na única poltrona do meu apartamento, olhando para mim.

Ficava ainda mais linda assim: assustada, sozinha, vulnerável. Dependente.

Eu tinha explicado — desnecessariamente — que minha casa não era grande coisa, basicamente um apartamento de solteiro com uma sala e um quartinho com uma cama. Limpo e arrumado, mas não era lugar para uma mulher como ela. No entanto, tinha uma grande vantagem: ninguém sabia onde ficava. Para ser mais preciso: ninguém, e com isso eu literalmente quero dizer *ninguém*, sabia onde eu morava.

— Por que não? — perguntou ela, segurando com as duas mãos a caneca de café que eu tinha lhe dado.

Ela havia pedido chá, mas eu tinha dito que precisaria esperar até a manhã seguinte, que compraria assim que as lojas abrissem. Que eu sabia que ela gostava de chá pela manhã. Que eu a havia observado tomar chá todas as manhãs nos últimos cinco dias.

— No meu ramo de trabalho, é melhor que ninguém saiba meu endereço — respondi.

— Mas agora eu sei.

— Sabe.

Bebemos nosso café em silêncio.

— Isso quer dizer que você não tem amigos e parentes? — indagou.

— Tenho minha mãe.

— Que não sabe...

— Não.

— E ela obviamente também não sabe do seu trabalho.

— Não.

— O que você contou a ela?

— Faz-tudo.

— Bicos?

Encarei Corina Hoffmann. Ela estava mesmo interessada ou apenas perguntava por perguntar?

— É.

— Certo. — Um calafrio percorreu seu corpo, e ela cruzou os braços sobre o peito. Eu tinha colocado o aquecedor no máximo, mas com as janelas finas e a temperatura na casa dos vinte graus abaixo de zero há mais de uma semana, o frio estava levando vantagem. Olhei para a minha caneca.

— O que você quer fazer, Olav?

Eu me levantei da cadeira da cozinha.

— Procurar um cobertor para você.

— Quero dizer, o que *nós* vamos fazer?

Ela era legal. Você sabe que uma pessoa é legal quando ela consegue ignorar coisas sobre as quais não pode fazer nada e seguir em frente. Eu gostaria de ser assim.

— Ele virá atrás de mim, Olav. Atrás de nós. Não podemos nos esconder aqui para sempre. E ele nunca vai parar de nos procurar. Acredite, eu conheço Daniel. Ele prefere morrer a viver com essa vergonha.

Não fiz a pergunta óbvia: então por que você foi amante do filho dele?

Em vez disso fiz outra, menos óbvia.

— Por causa da vergonha? Não porque ele ama você?

Ela fez que não.

— É complicado.

— Nós temos tempo de sobra — eu disse. — E, como você pode ver, eu não tenho televisão.

Ela riu. Eu ainda não tinha pegado o cobertor. Nem tinha feito a pergunta que, por algum motivo, estava desesperado para fazer: você o amava? O filho?

— Olav?

— Sim?

Ela abaixou a voz.

— Por que você está fazendo isso?

Respirei fundo. Eu havia preparado uma resposta para aquela pergunta. Várias respostas, na verdade, para o caso de sentir que a primeira não tinha funcionado. Pelo menos foi isso que eu achei. Naquele momento, todas evaporaram.

— É errado — eu disse.

— O que é errado?

— O que ele está fazendo. Tentar matar a própria esposa.

— E o que você teria feito se sua esposa estivesse se encontrando com outro homem em sua própria casa?

Ela me pegou de surpresa.

— Acho que você tem bom coração, Olav.

— Todo mundo tem bom coração hoje em dia.

— Não, isso não é verdade. Bons corações são raros. Estão sempre em falta. *Você* é raro, Olav.

— Não sei se isso é verdade.

Ela bocejou e se espreguiçou. Ágil como um gato. Eles realmente têm ombros flexíveis, de modo que se conseguem passar a cabeça por uma grade, passam o corpo todo. Prático para caçar. Prático para fugir.

— Se você me emprestar aquele cobertor, acho que vou dormir um pouco agora — disse ela. — O dia foi muito agitado.

— Vou trocar os lençóis da cama, você pode dormir lá. Eu e o sofá somos velhos amigos.

— Sério? — Ela sorriu, piscando um daqueles grandes olhos azuis. — Isso quer dizer que não sou a primeira pessoa a passar a noite aqui?

— Não, você é. Mas às vezes caio no sono lendo no sofá.

— O que você lê?

— Nada de mais. Livros.

— Livros? — Ela inclinou a cabeça para o lado e deu um sorriso irônico, como se tivesse me pegado na mentira. — Mas só vejo um livro aqui.

— A biblioteca. Livros ocupam espaço. Além disso, estou tentando economizar.

Ela pegou o livro que estava sobre a mesa.

— *Os miseráveis*? Do que fala esse aqui, então?

— Muitas coisas.

Ela ergueu uma sobrancelha.

— Basicamente sobre um sujeito que é perdoado pelos seus pecados — expliquei. — E passa o resto da vida sendo um homem bom para tentar se redimir de seu passado.

— Humm. — Corina sopesou o livro. — É grande. Tem romance?

— Tem.

Ela o colocou de lado.

— Você não disse o que vamos fazer, Olav.

— O que nós precisamos fazer é acabar com Daniel Hoffmann antes que ele acabe com a gente.

A frase tinha soado idiota quando a formulei na minha cabeça. E continuou soando idiota quando a disse em voz alta.

Capítulo 8

Fui até o hotel bem cedo na manhã seguinte. Os dois quartos voltados para o apartamento de Hoffmann estavam ocupados. Saí para a escuridão matinal e fiquei escondido atrás de uma van estacionada, olhando para a sala de estar. Esperando. A mão em torno da pistola no bolso do meu casaco. Aquela era a hora que ele normalmente saía para trabalhar. Mas é claro que as coisas não estavam normais. As luzes estavam acesas, mas era impossível ver se havia alguém lá em cima. Presumi que Hoffmann tinha chegado à conclusão de que eu não havia fugido com Corina, que não estava entocado num hotel em Copenhague ou Amsterdã. Para começar, não era o meu estilo, e, de qualquer forma, eu não tinha dinheiro, e Hoffmann sabia disso. Precisei pedir um adiantamento para cobrir as despesas daquele trabalho. Ele perguntou por que eu estava tão quebrado, uma vez que havia acabado de me pagar por dois trabalhos. Respondi algo sobre maus hábitos.

Se Hoffmann achava que eu ainda estava na cidade, também presumia que eu tentaria pegá-lo antes que ele me pegasse. Nos conhecíamos relativamente bem. Mas uma coisa é pensar que se sabe algo sobre alguém, outra é ter certeza. E já me enganei antes. Talvez ele estivesse sozinho lá em cima. E se fosse esse o caso, eu nunca teria melhor oportunidade do que quando ele saísse do prédio. Só precisaria esperar a porta fechar às suas costas, para não dar a ele a chance de voltar para o edifício, atravessar a rua correndo, dar dois tiros no peito a cinco metros de distância e então dois na cabeça a queima-roupa.

Era esperar muito.

A porta abriu. Era ele.

Com Brynhildsen e Pine. Brynhildsen com a peruca que parecia feita de pelo de cachorro e o bigode fino que lembrava um aro de croqué. Pine e a jaqueta de couro em tom caramelo que usava o ano todo, tanto no verão quanto no inverno. Com o chapeuzinho, o cigarro atrás da orelha e a boca que simplesmente não parava quieta. Palavras aleatórias vagavam do outro lado da rua. "Frio do caralho" e "aquele escroto".

Hoffmann esperou à porta enquanto seus dois cães de guarda iam até a calçada e olhavam para os dois lados da rua com as mãos enterradas nos bolsos das jaquetas.

Então acenaram para ele, que caminhou até o carro.

Abaixei a cabeça, ergui os ombros e segui na direção oposta. Tudo bem. Como eu disse, era esperar muito. Pelo menos agora eu sabia que ele tinha imaginado como eu resolveria aquilo. Com ele morto, e não eu.

De qualquer forma, eu precisaria voltar ao Plano A.

O motivo de eu ter começado pelo Plano B foi não gostar de absolutamente nada no Plano A.

Capítulo 9

Eu gosto de assistir a filmes. Não tanto quanto ler livros, mas um bom filme tem mais ou menos a mesma função. Estimula você a ver as coisas de forma diferente. Mas nenhum filme conseguiu me persuadir a ver de outra forma as vantagens de estar em superioridade numérica e com armas melhores. Num embate entre um homem e vários outros, no qual ambas as partes estão relativamente bem-preparadas e armadas, aquele que estiver sozinho vai morrer. Num embate em que uma das partes tem uma arma automática, esta vencerá. Isso é resultado de experiência acumulada a duras penas, e eu não fingiria que é mentira apenas para não precisar fazer uma visita ao Pescador. É verdade. E por isso fui vê-lo.

O Pescador, como eu já disse, divide o mercado de heroína de Oslo com Daniel Hoffmann. Não é um mercado grande, mas como a heroína era seu principal produto, os clientes eram bons pagadores e os preços eram altos, os lucros eram astronômicos. Tudo começou com a rota russa — ou Passagem Norte. Quando foi estabelecida por Hoffmann e os russos no início dos anos

1970, a maior parte da heroína vinha do Triângulo Dourado via Turquia e Iugoslávia, o que era conhecido como rota dos Bálcãs. Pine me disse que ele trabalhava como cafetão para Hoffmann, e como noventa por cento das prostitutas usavam heroína, o pagamento com uma dose era tão bom quanto com coroas norueguesas para a maioria delas. Então Hoffmann concluiu que se conseguisse heroína barata, poderia aumentar bastante seus lucros com os serviços sexuais das mulheres.

A ideia de conseguir mercadoria barata não veio do sul, mas do norte. Da inóspita ilhota de Svalbard, no Ártico, dividida entre a Noruega e a União Soviética, que operam minas de carvão em suas respectivas partes do território. A vida por lá é dura e monótona, e Hoffmann tinha ouvido falar que os mineiros noruegueses contavam histórias pavorosas sobre como os russos afogavam as mágoas com vodca, heroína e roleta russa. Então ele foi até lá, encontrou os russos e voltou para casa com um acordo. O ópio bruto era embarcado do Afeganistão para a União Soviética, onde era refinado em heroína, que era então despachada para Arcangel e Murmansk, no norte. Seria impossível entrar com a droga na Noruega, um país da OTAN, já que os comunistas vigiavam a fronteira com atenção redobrada e vice-versa. Mas em Svalbard, onde a fronteira só era vigiada por ursos-polares e quarenta graus negativos, não havia problema.

O contato de Hoffmann no lado norueguês mandava a mercadoria no voo doméstico diário para Tromsø, onde nunca inspecionavam uma mala sequer, mesmo que todo mundo soubesse que os mineiros levavam para casa litros e mais litros de destilados baratos, livres de impostos. Era como se até as autoridades considerassem que eles mereciam um bônus. Obviamente, foram eles que depois afirmaram ser uma ingenuidade pensar que tanta heroína pudesse entrar no país de avião, trem e caminhão sem que ninguém soubesse. E que alguns relatórios deviam ter parado nas mãos de servidores públicos.

Mas de acordo com Hoffmann nenhuma coroa sequer foi paga. Simplesmente não foi necessário. A polícia não fazia ideia do que estava acontecendo. Pelo menos não até que uma motoneve abandonada fosse encontrada no lado norueguês da ilha, nos arredores de Longyearbyen.

Os restos mortais deixados pelos ursos-polares acabaram se revelando russos, e no tanque de combustível havia sacos plásticos com quatro quilos de heroína pura.

A operação foi interrompida enquanto a polícia e as autoridades circulavam pela área como abelhas enfurecidas. A falta de heroína provocou pânico em Oslo. Mas a ganância é como água de degelo: quando um canal é bloqueado, ela simplesmente encontra outro. O Pescador — que era muitas coisas, mas acima de tudo um homem de negócios — resumia da seguinte forma: demanda que não é atendida demanda ser atendida. Ele era um homem gordo e jovial com bigode de morsa, que lembrava o Papai Noel, até que tivesse vontade de retalhá-lo com uma faca Stanley. Passara alguns anos contrabandeando vodca russa que era despachada em barcos de pesca soviéticos, transferida para barcos de pesca noruegueses no Mar de Barents e então descarregada numa estação pesqueira abandonada que ele não apenas administrava, mas da qual era proprietário. Lá as garrafas eram embaladas em caixotes de peixe e transportadas para a capital em vans. Também havia peixe nelas. Em Oslo as garrafas eram armazenadas no porão da loja do Pescador, que não era uma empresa de fachada, mas sim uma peixaria que era da família há três gerações sem nunca ter sido lucrativa, mas que tampouco fora à falência.

E quando os russos perguntaram se ele trocaria a vodca por heroína, o Pescador fez algumas contas, avaliou as penalidades legais, estimou o risco de ser pego e topou. Então, quando Daniel Hoffmann retomou sua operação em Svalbard, ficou sabendo que tinha concorrência. E não gostou nem um pouco.

Foi então que eu entrei em cena.

Naquele tempo — como acredito já ter deixado claro —, eu tinha uma carreira criminal mais ou menos fracassada. Havia cumprido pena por assalto a banco, trabalhei e fui demitido por Hoffmann como assistente de Pine e estava à procura de algo vagamente útil para fazer. Hoffmann voltou a me procurar depois de ficar sabendo por fontes confiáveis que eu tinha apagado um contrabandista encontrado no porto de Halden com a cabeça apenas parcialmente intacta. Um trabalho muito profissional, declarou. E uma vez que não tinha reputação melhor à minha disposição, eu não neguei.

O primeiro trabalho foi um homem de Bergen que trabalhou como traficante para Hoffmann mas roubou parte da mercadoria, negou o roubo e foi trabalhar para o Pescador. Foi fácil encontrá-lo: o povo do oeste fala mais alto que os demais noruegueses, e os erres bem marcados de Bergen cortavam o ar na estação central, onde ele estava traficando. Mostrei a ele a minha pistola e dei um fim abrupto àqueles erres. Dizem que é mais fácil matar na segunda vez, e eu suponho que seja verdade. Levei o camarada até o terminal de contêineres e lhe dei dois tiros na cabeça para deixá-lo parecido com o trabalho anterior. Uma vez que a polícia já tinha um suspeito para o caso de Halden, eles estavam no rastro errado desde o começo e nunca chegaram perto de me dar dor de cabeça. Hoffmann confirmou sua convicção de que eu era um grande matador e me deu outro trabalho.

Esse foi um rapaz que ligou para Hoffmann e falou que preferia traficar para ele que para o Pescador. Queria que se encontrassem num lugar discreto para discutirem os detalhes sem que o Pescador ficasse sabendo. Disse que não suportava mais o fedor da peixaria. Talvez ele devesse ter se empenhado um pouco mais naquela história. Hoffmann me procurou e disse acreditar que o Pescador tinha mandado o rapaz dar cabo dele.

Na noite seguinte eu o esperei na parte alta do parque em Sankt Hanshaugen. Há uma bela vista lá em cima. Dizem que no passado foi usado para sacrifícios, que é assombrado. Minha mãe disse que tipógrafos costumavam ferver tinta ali. Tudo que sei é que era ali que o lixo da cidade era queimado. A previsão do tempo disse que faria doze graus abaixo de zero aquela noite, então eu sabia que estaríamos sozinhos. Às nove, um homem subiu o longo caminho até a torre. Apesar do frio, estava com a testa molhada de suor quando chegou ao topo.

— Você chegou cedo — eu disse.

— Quem é você? — perguntou ele, enxugando a testa com o cachecol. — E onde está Hoffmann?

Pegamos nossas pistolas ao mesmo tempo, mas eu fui mais rápido. Acertei-o no peito e no braço, logo acima do cotovelo. Ele largou a arma e caiu de costas. Ficou deitado na neve, pestanejando.

Pressionei o cano da pistola em seu peito.

— Quanto ele pagou a você?

— V... vinte mil.

— Você acha que isso é o suficiente para matar uma pessoa?

Ele abriu e fechou a boca.

— Vou matar você de qualquer forma, então não há necessidade de dar uma resposta inteligente.

— Temos quatro filhos e moramos num apartamento de dois quartos — justificou ele.

— Espero que ele tenha pagado adiantado — eu disse e disparei.

O cara gemeu, mas continuou ali piscando os olhos. Olhei para os dois buracos na frente do seu casaco. Então rasguei-os.

Ele vestia uma cota de malha. Não um colete à prova de balas, mas uma porra de uma cota de malha, do tipo que os vikings usavam. Bem, pelo menos era o que eles vestiam nas ilustrações de *Sagas dos reis*, de Snorri, que li tantas vezes quando criança que no fim a biblioteca proibiu que eu o retirasse novamente. Ferro. Não era de estranhar que a subida do morro o tenha feito suar.

— Que porra é essa?

— Minha esposa fez — respondeu ele. — Para a peça. Sobre santo Olavo.

Corri os dedos pelas argolas de metal, todas entrelaçadas. Quantos milhares poderia haver ali? Vinte? Quarenta?

— Ela não me deixa sair sem isso — disse.

Cota de malha, feita para uma peça sobre o assassinato de um rei santo.

Encostei a pistola na testa dele e disparei. Pela terceira vez. Deveria ter sido mais fácil.

Na carteira dele havia cinquenta coroas, uma fotografia da esposa e dos filhos e um documento de identidade com nome e endereço.

Aqueles trabalhos eram dois dos três motivos pelos quais eu queria ficar fora do caminho do Pescador.

Fui até a loja dele na manhã do dia seguinte.

A Peixaria Eilertsen & Son ficava na Youngstorget, bem próximo à delegacia central, no número 19 da Møllergata. Dizem que quando o Pescador ainda vendia vodca, os policiais estavam entre seus principais clientes.

Encolhido, atravessei o mar de pedras contra o vento gelado e cortante.

O lugar tinha acabado de abrir quando cheguei, mas já estava cheio de gente.

Às vezes o Pescador em pessoa trabalhava no balcão da loja, mas não naquele dia. Uma mulher continuou a atender os clientes, mas um rapaz — pelo olhar que me dirigiu, eu podia dizer que tinha outras responsabilidades além de apenas cortar, pesar e embalar peixe — sumiu por uma porta vaivém.

Pouco depois o chefe entrou. O Pescador. Vestido de branco da cabeça aos pés. De avental e boné. Usava até mesmo botas brancas. Como um maldito açougueiro. Ele contornou o balcão e veio até mim. Limpou os dedos no avental que cobria sua barriga avantajada. Então fez um gesto de cabeça para a porta que ainda ia e vinha. Toda vez que havia uma fresta eu podia ver uma figura magricela, familiar. Aquele que chamavam de Klein. Não sei se era no sentido alemão da palavra, pequeno. Ou norueguês, doente. Ou talvez fosse mesmo o nome dele. Talvez as três coisas. Toda vez que a porta abria, meus olhos encontravam os dele, mortos, pretos como piche. Também tive um vislumbre da escopeta de cano serrado a seus pés.

— Mantenha as mãos fora dos bolsos — disse o Pescador em voz baixa com seu amplo sorriso de Papai Noel. — E talvez você consiga sair vivo daqui.

Fiz um gesto afirmativo com a cabeça.

— Estamos ocupados vendendo peixe para o Natal, rapaz, então diga o que quer e dê o fora.

— Eu posso ajudá-lo a se livrar da concorrência.

— Você?

— Sim. Eu.

— Não achava que você fosse do tipo traidor, rapaz.

O fato de me chamar de rapaz podia ter algumas explicações: talvez ele não soubesse meu nome; talvez não quisesse demonstrar respeito usando-o, ou talvez visse aquilo como uma forma de me deixar ciente do quanto sabia — se é que sabia alguma coisa — a meu respeito. Acho que era a última das três possibilidades.

— Podemos conversar nos fundos da loja? — perguntei.

— Aqui está bom, ninguém vai nos ouvir.

— Eu matei o filho de Hoffmann.

O Pescador ergueu uma das sobrancelhas, semicerrando um dos olhos enquanto me encarava. Por um longo tempo. Clientes desejavam "Feliz Natal!" e, ao saírem, deixavam entrar rajadas de ar frio na loja quente e vaporosa.

— Vamos para os fundos — decidiu o Pescador.

Três homens mortos. Você precisa ser um homem de negócios bastante frio para não guardar rancor da pessoa que matou três dos seus. Eu só podia esperar que a minha oferta fosse boa o bastante e que o Pescador fosse tão frio quanto eu acreditava que fosse. Uma ova que ele não sabia o meu nome.

Sentei-me a uma mesa de madeira. No chão havia caixas robustas de poliestireno cheias de gelo, peixe congelado e — se Hoffmann estivesse certo quanto à logística — heroína. Não podia estar fazendo mais de cinco ou seis graus naquela sala. Klein não se sentou, e enquanto eu falava ele parecia não se importar com a sinistra escopeta, mas o tempo todo o cano ficou apontado para mim. Expus os eventos recentes sem mentir, mas também sem entrar em detalhes desnecessários.

Quando terminei o Pescador continuou a me encarar com aquele maldito olho de Ciclope.

— Então você matou o filho no lugar da esposa?

— Eu não sabia que era filho dele.

— O que você acha, Klein?

Klein deu de ombros.

— Li no jornal que um cara foi morto a tiros em Vinderen ontem.

— Também li. Talvez Hoffmann e seu matador aqui tenham usado o que saiu nos jornais para inventar uma história em que tinham certeza que acreditaríamos.

— Liguem para a polícia e perguntem o nome dele — eu disse.

— Nós vamos fazer isso — retrucou o Pescador. — Depois que você explicar por que poupou a esposa de Hoffmann e agora a está escondendo.

— Isso é assunto meu.

— Se você planeja sair vivo daqui, é melhor começar a falar. Rápido.

— Hoffmann batia nela — eu disse.

— Qual dos dois?

— Os dois — menti.

— E daí? O fato de uma pessoa apanhar de outra mais forte não significa que ela não o mereça.

— Especialmente uma puta como aquela — completou Klein. O Pescador riu.

— Veja esses olhos, Klein. O rapaz quer matar você! Acho que ele pode simplesmente estar apaixonado.

— Sem problema — afirmou ele. — Eu também quero matá--lo. Foi ele que apagou Mao.

Eu não fazia ideia de qual dos três homens do Pescador era Mao. Mas estava escrito "Mauritz" na carteira de motorista do cara de Sankt Hanshaugen, então devia ser ele.

— O peixe do Natal está esperando — eu disse. — Então, como vai ser?

O Pescador cofiou a ponta do bigode de morsa. Pensei comigo mesmo se ele era capaz de tirar o cheiro de peixe do corpo. Então se levantou.

— "Que solidão é mais solitária que a desconfiança?". Você sabe o que isso quer dizer, rapaz?

Fiz que não.

— Não. Foi o que o camarada de Bergen disse quando nos procurou. Que você era simplório demais para ser traficante de Hoffmann. Que você não conseguia somar dois mais dois.

Klein riu. Não respondi.

— Isso é T. S. Eliot, rapazes. — O Pescador suspirou. — A solidão de um homem desconfiado. Acreditem, todo líder acaba sofrendo dessa solidão mais cedo ou mais tarde. E muitos maridos vão senti-la pelo menos uma vez na vida. Mas a maioria dos pais consegue evitá-la. Hoffmann sentiu na pele todas as três versões. Seu matador de aluguel, sua esposa, seu filho. É quase o suficiente para sentir pena do sujeito. — Ele foi até a porta vaivém. Olhou para a loja pela abertura redonda. — Enfim, do que você precisa?

— Dois dos seus melhores homens.

— Da forma como você diz, parece que temos um exército à nossa disposição aqui, rapaz.

— Ele vai estar esperando por isso.

— Sério? Hoffmann não acha que é ele quem está caçando você?

— Ele me conhece.

O Pescador parecia querer arrancar o bigode.

— Você pode ter Klein e o Dinamarquês.

— Que tal o Dinamarquês e...

— Klein e o Dinamarquês.

Assenti.

O Pescador me acompanhou até a loja. Fui até a porta e enxuguei a condensação na parte interna do vidro.

Havia um homem parado perto da Operapassasjen. Ele não estava ali quando cheguei. Poderia haver centenas de motivos para alguém esperar ali fora, na neve.

— Você tem um número de telefone que...?

— Não — eu disse. — Eu entro em contato quando for precisar deles. Há uma porta nos fundos?

A caminho de casa, andando por ruas secundárias, refleti que não havia sido um mau negócio. Eu tinha dois homens, ainda estava vivo e tinha aprendido algo novo. Que T. S. Eliot escrevera aquela frase sobre a solidão. Sempre pensei que tivesse sido aquela mulher, como era mesmo o nome? George Eliot? "Ferido? Ele jamais será ferido — ele foi feito para ferir outras pessoas." Não que eu acredite em poetas. Não mais do que acredito em fantasmas.

Capítulo 10

Corina preparou uma refeição simples com a comida que comprei.

— Bom — eu disse quando terminei, limpando a boca e servindo mais água nos nossos copos.

— Como você acabou aqui?

— O que quer dizer com "acabou"?

— Quero dizer... por que você faz isso? Por que não tem a mesma profissão que o seu pai, por exemplo, qualquer que seja ela? Imagino que ele não...

— Ele está morto — interrompi, esvaziando meu copo num único gole. A comida estava um pouco salgada.

— Ah. Sinto muito, Olav.

— Não sinta. Ninguém mais sente.

Corina riu.

— Você é engraçado.

Ela era a primeira pessoa a dizer aquilo sobre mim.

— Ponha um disco então — pediu.

Coloquei um disco de Jim Reeves.

— Você tem um gosto antiquado.

— Não tenho muitos discos.

— Imagino que também não dance.

Balancei a cabeça.

— E não tem nenhuma cerveja na geladeira?

— Quer uma cerveja?

Ela me olhou com um sorriso irônico, como se eu tivesse dito algo engraçado outra vez.

— Vamos sentar no sofá, Olav?

Ela arrumou a mesa enquanto eu fazia café. Achei aquilo bom. Então nos sentamos no sofá. Jim Reeves cantava que te ama porque você o entende. Havia esquentado um pouco durante o dia, e do outro lado da janela grandes flocos de neve passavam flutuando.

Olhei para ela. Uma parte de mim estava tão tensa que eu preferia sentar na cadeira. A outra queria apenas colocar meus braços em torno de sua cintura fina e puxá-la para mim. Beijar seus lábios vermelhos. Passar a mão em seus cabelos sedosos. Abraçá-la um pouco mais forte, a ponto de sentir o ar sair de seus pulmões, de ouvi-la ofegar, seus seios e sua barriga pressionando meu corpo. Eu me sentia zonzo.

Então a agulha correu até o centro do disco, ergueu-se e voltou à posição inicial enquanto o vinil lentamente parava de girar.

Engoli em seco. Senti vontade de erguer a mão. Colocá-la em sua pele, entre o ombro e o pescoço. Mas estava trêmula. Não apenas a minha mão, mas meu corpo todo, como se eu estivesse gripado ou coisa parecida.

— Olav... — Corina se inclinou na minha direção. Não consegui me decidir se o cheiro intenso era do perfume ou dela.

Precisei abrir a boca para buscar mais ar. Ela pegou o livro na mesa de centro à minha frente. — Você se importa de ler para mim? A parte sobre amor...

— Eu leria... — comecei.

— Então leia — interrompeu ela, sentando-se sobre as pernas no sofá. Levou uma das mãos ao meu braço. — Eu *amo* o amor.

— Mas não posso.

— Claro que pode! — Ela riu, colocando o livro aberto no meu colo. — Não fique acanhado, Olav, leia! Sou só eu...

— Eu sofro de dislexia.

Minha afirmação abrupta a calou, e Corina pestanejou como se eu tivesse batido nela. Que diabo, eu próprio fiquei surpreso.

— Desculpe, Olav, mas... você disse... eu pensei... — Ela parou, e um silêncio caiu entre nós. Desejei que o disco ainda estivesse tocando. Fechei os olhos.

— Eu leio — disse.

— Você lê?

— Sim.

— Mas como, se você não consegue... ver as palavras?

— Eu vejo as palavras. Mas às vezes vejo errado. E aí preciso olhar para elas de novo. — Abri os olhos. A mão dela ainda estava no meu braço.

— Mas como... como você sabe que viu errado?

— Porque as letras formam palavras que não têm qualquer sentido. Mas de vez em quando eu vejo apenas uma palavra diferente e só percebo meu erro muito mais tarde. Às vezes a história que tenho na cabeça é completamente diferente. Então eu meio que acabo tendo duas histórias pelo preço de uma.

Ela riu. Um riso alto, animado. Seus olhos cintilaram na penumbra. Eu também ri. Não era a primeira vez que eu contava a uma pessoa que era disléxico. Mas era a primeira vez que alguém continuava a fazer perguntas a respeito disso. E a primeira vez que eu tentava explicar aquilo a alguém que não fosse minha mãe ou um professor. A mão dela se afastou do meu braço. Meio que despercebida. Eu esperava por aquilo. Ela estava se afastando de mim. Mas em vez disso sua mão deslizou até a minha. E a apertou.

— Você é *mesmo* engraçado, Olav. E legal.

A neve começava a se acumular na base da janela. Os cristais de gelo se encaixavam uns nos outros. Como as argolas de uma cota de malha.

— Fale, então — pediu Corina. — Fale sobre a história de amor no livro.

— Ok. — Olhei para o livro no meu colo. Estava aberto na página em que Jean Valjean acolhe a prostituta arruinada, condenada. Mudei de ideia. E falei sobre Cosette e Marius. E sobre Éponine, a jovem criada em meio ao crime que era perdidamente apaixonada por Marius e acabava sacrificando a própria vida por amor. Amor de outras pessoas. Contei a história outra vez, agora sem deixar de fora nenhum detalhe.

— Que lindo! — exclamou Corina quando terminei.

— Sim — eu disse. — Éponine é...

— ...que Cosette e Marius tenham ficado juntos.

Assenti.

Corina apertou a minha mão. Não a soltou uma vez sequer.

— Fale sobre o Pescador.

Dei de ombros.

— Ele é um homem de negócios.

— Daniel diz que ele é um assassino.

— Também.

— O que vai acontecer depois que Daniel estiver morto?

— Não vai precisar ter medo de ninguém. O Pescador não deseja mal a você.

— Quero dizer, o Pescador vai controlar a coisa toda?

— Acho que sim, ele não tem nenhum outro concorrente. A não ser que você esteja pensando...? — Fiz o meu melhor para dar um sorriso debochado.

Ela riu alto e me deu um leve empurrão, brincalhona. Quem suspeitaria de que, bem lá no fundo, eu fosse um comediante?

— Por que não fugimos de uma vez? — perguntou ela. — Você e eu, nós nos daríamos bem. Eu podia cozinhar e você podia...

O resto da frase ficou pairando no ar como uma ponte inacabada.

— Eu adoraria fugir com você, Corina, mas não tenho uma coroa no bolso.

— Não? Daniel sempre diz que paga bem aos seus homens. A lealdade precisa ser comprada, é o que diz.

— Gastei tudo.

— Em quê? — Ela fez um gesto indicando o apartamento, sugerindo que nem aquele lugar nem nada dentro dele poderia ter custado uma fortuna.

Dei de ombros outra vez.

— Uma viúva com quatro filhos. Fui eu que a deixei viúva, então... bem, tive um momento de fraqueza e coloquei num envelope a quantia que o marido dela receberia para apagar uma pessoa. E isso era tudo que eu tinha. Não sabia que o Pescador pagava tão bem.

Ela me dirigiu um olhar cético. Não acredito que fosse uma das seis expressões universais de Darwin, mas conhecia seu significado.

— Você... você deu todo seu dinheiro à viúva de um homem que ia *matar* uma pessoa?

Obviamente eu já tinha chegado à conclusão de que minha atitude havia sido bem idiota, apesar da sensação de ter ganhado algo em troca daquilo. Mas quando Corina falou daquela forma, soou como uma completa tolice.

— Então quem ele ia matar?

— Não lembro.

Ela me fitou.

— Olav, sabe de uma coisa?

Eu não sabia.

Ela levou a mão ao meu rosto.

— Você realmente é muito, muito raro.

Seus olhos percorreram o meu rosto, absorvendo-o pedacinho por pedacinho, como se estivessem consumindo-o. Sei que esse é o momento em que você supostamente sabe, em que lê os pensamentos da outra pessoa, compreende. Talvez seja verdade. Mas o fato de eu ser disléxico pode ser uma explicação. Minha mãe dizia que eu era pessimista demais. Talvez isso seja verdade também. De qualquer forma, fiquei encantadoramente surpreso quando Corina Hoffmann se aproximou de mim e me beijou.

Nós fizemos amor. Não é por modéstia que escolho esse eufemismo romântico, casto, em vez de uma palavra mais direta, técnica. Mas porque fazer amor realmente é a descrição mais adequada. A boca de Corina ficava próxima à minha orelha, sua respiração me provocando. Eu a tomei com enorme cuidado, como a uma das flores secas que às vezes encontrava nas páginas dos livros da biblioteca, tão quebradiças e frágeis que se dissolviam em meus dedos assim que eu as tocava. Tinha medo de que ela desaparecesse. Em intervalos regulares, apoiava-me nos braços e erguia o corpo para confirmar que ela ainda estava ali, que não era apenas um sonho. Eu a acariciava, suave como uma pena e com muita delicadeza, de forma a não usufruir de Corina de uma só vez. Hesitei antes de entrar nela. Ela me fitou surpresa — não tinha como saber que eu esperava o momento certo. Então ele veio, o momento, a fusão, essa coisa que imagina-se ser trivial para um antigo cafetão, mas que foi tão avassaladora que senti um aperto na garganta. Ela soltava um gemido baixo, prolongado, enquanto eu me movia de forma lenta, cuidadosa, sussurrando algo terno e tolo em seu ouvido. Reconheci sua impaciência, mas queria que fosse assim, queria que fosse especial. Então a possuí com um ritmo calculado, com um autocontrole mantido a duras penas. Mas seus quadris passaram a se mover como ondas cortantes e sucessivas embaixo de mim, e sua pele branca reluzia na escuridão. Era como ter o luar em minhas mãos. Tão suave quanto. Tão impossível quanto.

— Fique comigo, meu amor — arfava a voz no meu ouvido. — Fique comigo, meu amor, meu Olav.

Fumei um cigarro. Ela dormiu. Tinha parado de nevar. O vento, que vinha tocando uma música lúgubre nas calhas, havia guardado seus instrumentos. O único som no quarto era a respiração tranquila de Corina. Escutei e escutei. Nada.

Foi exatamente como sonhei que seria. E não acreditei que fosse possível. Estava tão cansado que precisava dormir um pouco. Mas tão feliz que não queria fazer isso. Porque quando caísse no sono, esse mundo, esse mundo com o qual nunca me importei muito até agora, deixaria de existir por algum tempo. E, de acordo com um tal de Hume, o fato de até agora eu ter acordado toda manhã no mesmo corpo, no mesmo mundo, onde o que aconteceu de fato aconteceu, não era garantia de que a mesma coisa voltaria a ocorrer na manhã seguinte. Pela primeira vez na vida, fechar os olhos pareceu um risco.

Então continuei a escutar. A vigiar. Não havia nenhum som que não deveria estar ali. Mas continuei a escutar de qualquer forma.

Capítulo 11

Minha mãe era muito fraca. Por isso precisou aturar mais do que até mesmo a pessoa mais forte poderia suportar.

Ela nunca conseguia dizer não ao idiota do meu pai, por exemplo. O que significava que se sujeitava a mais agressões do que uma mulher prestes a ser violentada. Ele gostava especialmente de estrangulá-la. Nunca vou esquecer o som da minha mãe berrando como uma vaca no quarto toda vez que meu pai afrouxava as mãos por tempo suficiente para que ela recuperasse o fôlego e ele pudesse voltar a apertar seu pescoço. Ela era fraca demais para dizer não à bebida, o que significava que tomava veneno suficiente para derrubar um touro ou um elefante, apesar de ter constituição pequena. E era tão fraca quando o assunto era eu que me dava tudo que eu queria, ainda que fosse algo de que ela precisava.

Sempre diziam que eu era como a minha mãe.

Apenas quando fitei os olhos do meu pai pela última vez percebi que também o tinha dentro de mim. Como um vírus, uma doença circulando no sangue.

Via de regra, ele só nos procurava quando precisava de dinheiro. E, via de regra, levava o pouco que tínhamos. Mas ele também tinha se dado conta de que para manter o fator medo — quer conseguisse dinheiro ou não — era preciso demonstrar o que aconteceria no dia em que minha mãe *não* pagasse. Ela sempre culpava portas, escadas e pisos escorregadios no banheiro pelos olhos roxos e lábios inchados. E, quando a bebida subia para a cabeça, de fato acontecia de ela cair ou bater nas paredes sozinha.

Meu pai dizia que eu estudava para me tornar um idiota. Suspeito que tivesse a mesma dificuldade que eu para ler e escrever, mas a diferença é que ele desistiu. Largou a escola na primeira oportunidade e mal leu um jornal depois disso, enquanto eu na verdade gostava de estudar, por mais estranho que possa parecer. Exceto matemática. Eu não falava muito, e a maioria das pessoas provavelmente pensava que eu era burro. Mas a professora de norueguês que corrigia meus trabalhos dizia que eu tinha algo especial por trás de todos os erros de ortografia, algo que os outros não tinham. E isso era mais que o suficiente para mim. Mas meu pai sempre me perguntava o que eu pensava em fazer com aquela leitura toda. Se eu achava que era melhor que ele e o resto da família. Eles se viravam bem, com trabalho honesto. Nunca quiseram empinar o nariz aprendendo palavras difíceis e se perdendo em histórias. Quando eu tinha 16 anos, perguntei por que ele próprio não tentava arrumar um trabalho honesto. Ele me bateu até me deixar todo roxo. Disse que criava um filho e que isso já dava trabalho suficiente.

Numa noite, quando eu tinha 19 anos, ele apareceu. Tinha saído da penitenciária Botsen no mesmo dia, depois de cumprir um ano por matar um homem. Não houve testemunhas, então o tribunal concordou com o argumento da defesa de que os danos no cérebro do sujeito *podiam* ter sido causados pela queda no gelo ao tentar reagir.

Ele fez alguns comentários sobre eu ter crescido. Me deu um tapinha nas costas. Minha mãe havia dito que eu estava trabalhando num depósito, era sério? Finalmente eu tinha caído na real?

Não respondi, não disse que estava trabalhando meio período — e frequentando um curso preparatório — para juntar dinheiro e alugar um apartamento quando começasse na universidade depois do serviço militar, no ano seguinte.

Ele disse que era bom que eu tivesse trabalho, porque agora eu precisava pagar.

Perguntei por quê.

Por quê? Ele era o meu pai, vítima de um erro da Justiça, e precisava de toda a ajuda da família para dar a volta por cima.

Recusei.

Ele me encarou, incrédulo. Vi que tentava decidir se batia em mim ou não. Me media de cima abaixo. O menino dele *tinha* crescido.

Então soltou um riso curto. E disse que se eu não lhe desse minhas patéticas economias, mataria a minha mãe. E faria parecer um acidente. O que eu achava daquilo?

Não respondi.

Ele disse que eu tinha sessenta segundos.

Respondi que o dinheiro estava no banco, que precisaria esperar até que abrisse na manhã seguinte.

Ele inclinou a cabeça, como se isso o ajudasse a avaliar se eu mentia ou não.

Eu disse que não ia fugir, que ele podia ficar com a minha cama. Eu dormiria no quarto da mamãe.

— Então você tomou o meu lugar lá também, não é? — disse ele com desdém. — Não sabe que é ilegal? Ou não dizem isso nos seus livros?

Naquela noite minha mãe e meu pai dividiram o que restava da bebida dela. Foram para o quarto. Deitei no sofá e tapei os ouvidos com papel higiênico. Mas aquilo não abafou os berros. Então a porta bateu e eu o escutei entrar no meu quarto.

Esperei até as duas da manhã para levantar, fui ao banheiro e peguei a escova sanitária. Depois desci até o porão e destranquei o armário. Ganhei um par de esquis quando tinha 13 anos. Da minha mãe. Só Deus sabe do que ela precisou abrir mão para pagar por aqueles esquis. Mas estavam pequenos agora, eu tinha crescido. Tirei o protetor da ponta de um dos bastões e voltei para o andar de cima. Entrei sorrateiramente no quarto. Meu pai estava deitado de costas, roncando. Subi na cama, apoiei um pé em cada lado da armação estreita e encostei a ponta do bastão na barriga dele. Não quis arriscar o peito, pois o espeto podia acertar o esterno ou uma costela. Coloquei uma das mãos na alça do bastão, apoiei a outra no topo e verifiquei se estava no ângulo certo para não dobrar ou partir a haste de bambu. Esperei. Não sei por que, eu não estava com medo. A respiração dele ficou mais irregular, logo se mexeria ou viraria de lado. Dei um pequeno salto, dobrando os joelhos abaixo do corpo como um esquiador. Caí sobre ele com todo o meu peso. A pele ofereceu alguma resistência, mas assim que o buraco foi aberto o bastão o atravessou. A vara de bambu levou parte da camisa barriga adentro, e o espeto se enterrou fundo no colchão.

Ele ficou ali deitado me encarando, as pupilas dilatadas pelo choque. Fui rápido ao sentar sobre seu peito, de modo que os braços ficassem presos sob os meus joelhos. Ele abriu a boca para gritar. Enterrei a escova sanitária em sua boca. Ele gorgolejou e se debateu, mas não conseguiu se mexer. Pode apostar: eu tinha crescido, porra.

Fiquei ali sentado, sentindo o bastão de bambu, o corpo dele se debatendo debaixo de mim. E pensei comigo mesmo que eu estava montando no meu pai. Agora meu pai era a minha vadia.

Não sei quanto tempo fiquei ali sentado até que ele parasse de lutar e seu corpo ficasse inerte o bastante para que eu me arriscasse a tirar a escova sanitária.

— Seu cretino de merda — gemeu de olhos fechados. — Você pode cortar a garganta do cara com uma faca, não...

— Isso teria sido rápido demais — eu disse.

Ele riu, tossiu. Tinha bolhas de sangue nos cantos da boca.

— Ah, *esse* é o meu menino.

Foi a última coisa que ele disse. Ele teve a última palavra, no final das contas. Porque naquele momento eu percebi que ele estava certo, o maldito. Eu *era* o menino dele. A verdade era que eu sabia o motivo de ter esperado aqueles segundos antes de enterrar o bastão. Foi para prolongar o momento mágico em que eu, e apenas eu, tinha o poder sobre a vida e a morte.

Aquele era o vírus que eu tinha no sangue. O vírus dele.

Carreguei o cadáver até o porão e o embrulhei com a velha e apodrecida barraca de lona. Minha mãe também havia comprado aquilo para mim. Ela tinha cismado com a ideia de que nós, sua pequena família, viajaríamos para acampar. Pescaríamos truta e a assaríamos às margens de um lago onde o sol nunca se põe. Espero que a bebida a tenha levado até lá.

Mais de uma semana se passou antes que a polícia aparecesse para perguntar se vimos meu pai depois que ele foi solto. Dissemos que não. Eles falaram que deixariam isso registrado. Agradeceram e foram embora. Não pareciam estar especialmente incomodados. Àquela altura eu já tinha alugado um furgão e levado o colchão e a roupa de cama até o depósito de lixo para serem incinerados. E naquela noite dirigi até os recônditos de Nittedal, até um lago onde o sol nunca se põe, mas onde eu não pescaria truta por um bom tempo.

Fiquei ali sentado na margem olhando para a superfície cintilante, pensando que era aquilo que estávamos deixando para trás, algumas marolas que surgiam na água e desapareciam no instante seguinte. Como se nunca tivessem estado ali. Como se nós nunca tivéssemos estado ali.

Aquela foi a primeira vez que apaguei alguém.

Algumas semanas depois, recebi uma carta da universidade: "É com grande prazer que confirmamos sua admissão na...", com uma data e um horário para a matrícula. Rasguei-a em pedaços lentamente.

Capítulo 12

Fui acordado por um beijo.

Antes que me desse conta de que era um beijo, houve um momento de pânico puro e absoluto.

Então minhas lembranças voltaram, e o pânico foi substituído por algo caloroso e suave que, na ausência de palavra melhor, posso apenas chamar de felicidade.

Corina apoiou o rosto no meu peito e eu olhei para ela, para seus cabelos se derramando sobre mim.

— Olav?

— Sim?

— Não podemos apenas ficar aqui para sempre?

Não consegui pensar em nada melhor. Puxei-a para perto. Abracei-a. Contei os segundos. Aqueles eram os segundos que tínhamos juntos, segundos que ninguém podia tirar de nós, segundos que consumíamos naquele momento. Mas — como eu disse — não consigo contar por muito tempo. Levei os lábios aos cabelos dela.

— Ele nos encontraria aqui, Corina.

— Vamos para longe, então.

— Primeiro vamos ter que lidar com ele. Não podemos passar o resto da vida fugindo, olhando para trás.

Ela passou um dedo pelo meu nariz, pelo meu queixo, como se houvesse uma costura ali.

— Você está certo. Mas depois nós podemos ir, não podemos?

— Sim.

— Promete?

— Prometo.

— Para onde?

— Para onde você quiser.

O dedo de Corina desceu pelo meu pescoço, entre as clavículas.

— Nesse caso, quero ir para Paris.

— Paris, então. Por que lá?

— Porque foi onde Cosette e Marius ficaram juntos.

Eu ri, coloquei os pés no chão e beijei-a na testa.

— Não levante — disse ela.

Então não levantei.

Às dez da manhã eu lia o jornal e bebia café à mesa da cozinha. Corina dormia.

O frio recorde continuava. Mas o tempo mais brando do dia anterior tinha deixado as ruas com um aspecto vítreo. Um carro derrapou e entrou na contramão na estrada de Trondheim. Uma família de três pessoas viajava até lá para o Natal. E a polícia ainda não tinha pistas do assassino no caso de Vinderen.

Às onze, eu estava numa loja de departamentos cheia de gente procurando presentes de Natal. Fiquei parado em frente à vitrine, fingindo apreciar um aparelho de jantar enquanto observava o prédio do outro lado da rua. O escritório de Hoffmann. Havia dois homens do lado de fora. Pine e um sujeito que eu nunca tinha visto antes. O novato batia os pés, e a fumaça de seu cigarro ia direto para o rosto de Pine, que dizia algo em que o camarada não parecia muito interessado. Ele usava um grande chapéu de pele e sobretudo, mas ainda assim tinha as orelhas enterradas nos ombros enquanto Pine parecia relaxado, com sua jaqueta cor de bosta de cachorro e o chapéu de palhaço. Cafetões estão acostumados a ficar na rua. O novato enfiou ainda mais o chapéu na cabeça; acho que era mais por causa da diarreia verbal de Pine do que pelo frio. Pine havia tirado o cigarro de trás da orelha e o mostrava ao outro. Aparentemente, contava a mesma velha história, sobre como deixava aquele cigarro ali desde o dia em que tinha parado de fumar. Que era sua forma de mostrar ao cigarro quem estava no comando. Acho que só queria que as pessoas perguntassem por que ele andava com aquele cigarro atrás da orelha, para depois encher a porra do saco delas.

Pine vestia muitas roupas, por isso eu não conseguia ver se ele estava armado, mas a jaqueta estava torta. Uma carteira pesada de verdade ou um revólver. Muito pesado para ser aquela faca sinistra que ele carregava. Possivelmente, a mesma faca que usou para persuadir Maria a trabalhar para ele, mostrando o que poderia fazer com ela e com o namorado dela se não chupasse e trepasse até pagar o dinheiro que o cara devia. Vi o terror nos olhos esbugalhados de Maria, fixos na boca dele, tentando desesperadamente fazer leitura labial enquanto ele continuava a tagarelar. Como fazia agora. Mas o novato ignorava o cafetão e vigiava a rua com um olhar grave debaixo do chapéu de pele. Calmo, concentrado. Devia ter sido contratado recentemente. Do exterior, talvez. Parecia profissional.

Saí da loja pela porta que dava numa rua próxima. Fui até uma cabine telefônica na Torgatta. Peguei uma folha de jornal que eu havia arrancado. Desenhei um coração no vidro embaçado da cabine enquanto esperava que me atendessem.

— Igreja Ris, secretaria.

— Desculpe incomodar, mas tenho uma coroa de flores que quero entregar no enterro de Hoffmann, depois de amanhã.

— A funerária pode cuidar...

— O problema é que não moro na cidade e vou passar por aí amanhã, tarde da noite, depois do horário de fechamento. Pensei em entregar a coroa direto na igreja.

— Não temos funcionários que...

— Mas vocês provavelmente vão receber o caixão amanhã à noite, certo?

— Esse seria o normal, sim.

Esperei, mas nada mais se seguiu.

— Será que você poderia confirmar?

Um suspiro quase inaudível.

— Um momento. — Som de papel sendo folheado. — Sim, isso mesmo.

— Então vou passar na igreja amanhã à noite. Tenho certeza de que a família vai querer vê-lo uma última vez, então também poderei dar os meus pêsames. Eles provavelmente acertaram com vocês para passarem algum tempo na capela. Eu podia ligar direto para a família, mas estou relutando em incomodar...

Esperei, escutando o silêncio do outro lado da linha. Pigarreei.

— ... nesse momento trágico para eles, tão perto do Natal.

— Vejo aqui que pediram para vir amanhã, entre oito e nove da noite.

— Obrigado — eu disse. — Infelizmente não vou poder passar aí nesse horário. Talvez seja melhor não mencionar que eu estava pensando em ir pessoalmente. Tentarei encontrar outra forma de entregar a coroa de flores.

— Como o senhor preferir.

— Obrigado pela ajuda.

Caminhei até a Youngstorget. Não havia ninguém parado na Operapassasjen hoje. Se, no dia anterior, aquele homem tivesse sido enviado por Hoffmann, ele já havia visto o que queria.

O rapaz não me deixou passar para o outro lado do balcão. Disse que o Pescador estava numa reunião. Eu via sombras se movendo atrás do vidro da porta vaivém. Então uma das sombras se levantou e saiu pelo mesmo lugar que eu quando estive ali: pela porta dos fundos.

— Pode entrar — disse o rapaz.

— Desculpe — lamentou o Pescador. — Não é só com o peixe do Natal que as pessoas estão preocupadas.

Devo ter torcido o nariz para o cheiro forte, porque ele começou a rir.

— Não gosta do cheiro de arraia, rapaz? — Ele fez um gesto na direção do peixe parcialmente cortado em filés no balcão atrás de nós. — Transportar drogas no mesmo caminhão de uma carga de arraia funciona perfeitamente, sabe? Os cães farejadores não têm a menor chance. Pouca gente faz isso, mas eu gosto de fazer almôndegas de peixe com arraia. Experimente

77

uma. — Ele apontou com o queixo para a bacia sobre a mesa de madeira azulejada entre nós dois. Almôndegas de um cinza pálido flutuavam num líquido leitoso.

— Então, como vão as coisas nesse ramo? — perguntei, agindo como se não tivesse ouvido a oferta.

— Não há nada de errado com a demanda, mas os russos estão começando a ficar gananciosos. Será mais fácil lidar com eles quando não puderem mais me jogar contra Hoffmann.

— Hoffmann sabe que nós temos nos encontrado.

— Ele não é idiota.

— Não. E por isso está sendo bem-protegido. Não podemos simplesmente ir até lá e acabar com ele. Precisamos ter um pouco de imaginação.

— Problema seu — retrucou o Pescador.

— Nós precisamos nos infiltrar.

— Ainda é problema seu.

— A morte foi anunciada no jornal hoje. O filho de Hoffmann será enterrado depois de amanhã.

— E?

— É lá que podemos acabar com ele.

— No enterro. Ótimo. — O Pescador fez que não. — Arriscado demais.

— Não no enterro. Na noite anterior. Na capela.

— Explique.

Eu expliquei. Ele balançou a cabeça. Prossegui. Ele balançou a cabeça com mais veemência. Levantei uma das mãos e continuei a falar. Ele ainda fazia um gesto negativo, mas agora sorria.

— Boa! Como você pensou numa coisa dessas?

— Uma pessoa que eu conheço foi enterrada na mesma igreja. E foi assim que aconteceu.

— Eu devia dizer não.

— Mas vai dizer sim.

— E se não disser?

— Preciso de dinheiro para três caixões. A funerária Kimen tem alguns já prontos. Mas você provavelmente sabe disso...

O Pescador me encarou, cauteloso. Limpou os dedos no avental. Cofiou o bigode. Limpou os dedos no avental.

— Coma uma almôndega de peixe, vou ver o que tenho no caixa.

Fiquei ali parado, olhando para as almôndegas de peixe boiando no que eu diria ser sêmen se não soubesse o que era aquele líquido de fato. Na verdade, pensando melhor, eu *não* sabia.

Passei pelo supermercado de Maria a caminho de casa. Ocorreu--me que eu podia comprar a comida do jantar ali. Entrei e peguei uma cesta. Ela estava de costas para mim, atendendo um cliente. Caminhei pelos corredores e peguei iscas de peixe empanado, batata e cenoura. Quatro cervejas. Eles tinham uma oferta de chocolates Kong Haakon, embrulhados em papel de presente natalino. Botei uma caixa na cesta.

Segui para o caixa de Maria. Não havia mais ninguém na loja. Notei que ela me viu. Ruborizava. Droga. Acho que não era de estranhar; aquela história do jantar ainda era um pouco recente e ela não devia convidar muitos homens para ir a sua casa daquele jeito.

Fui até ela e a cumprimentei com um breve olá. Então olhei para a cesta, concentrado em colocar o jantar — iscas de peixe, batata, tomate e cerveja — na esteira. Segurei a caixa de chocolate por um instante. Hesitando. O anel no dedo de Corina. O anel que ele, o filho, lhe dera. Uma coisinha de nada. E lá estava eu, pensando em aparecer com uma porra de uma caixa de chocolate como presente de Natal, embrulhada como se fossem as joias da coroa de Cleópatra.

— Isso. É. Tudo.

Olhei para Maria, surpreso. Ela falara. Quem poderia prever aquilo? Soava estranho, é óbvio. Mas eram palavras. Palavras, tanto quanto quaisquer outras. Ela afastou o cabelo do rosto. Sardas. Olhos gentis. Um pouco cansada.

— Sim — eu disse, enfatizando bastante a palavra. Gesticulando com a boca.

Ela deu um sorriso acanhado.

— Isso... é... tudo — confirmei, devagar e um pouco alto demais.

Ela fez um gesto em direção à caixa de chocolate.

— Para... você. — Estendi a caixa. — Feliz... Natal.

Ela levou uma das mãos à boca. E atrás da mão seu rosto adquiriu toda uma série de expressões. Mais de seis. Surpresa, confusão, felicidade, vergonha, seguidas por sobrancelhas arqueadas (*por quê?*), pálpebras baixadas e um sorriso de gratidão. É isso que acontece quando não se pode falar — o rosto se torna muito expressivo, e aprende-se a fazer um tipo de pantomima que parece um pouco exagerada demais para quem não está acostumado.

Ofereci-lhe a caixa. Vi sua mão sardenta se aproximar da minha. O que ela queria? Estaria pensando em pegar na minha mão? Puxei-a de volta. Assenti num gesto brusco e segui para a porta. Senti os olhos dela nas minhas costas. Droga. Tudo o que eu fiz foi lhe dar uma caixa de chocolate; o que mais ela queria?

O apartamento estava escuro quando entrei. Na cama, eu discernia as formas de Corina.

Tão silenciosas e imóveis que quase achei estranho. Fui devagar até a cama e fiquei parado junto dela. Estava tão serena. E tão pálida. Um relógio passou a tiquetaquear na minha cabeça, como se marcasse o tempo para eu encontrar a solução para um problema. Curvei-me para mais perto, até que meu rosto pairou acima de sua boca. Faltava alguma coisa. E o relógio tiquetaqueava cada vez mais alto.

— Corina — sussurrei.

Nenhuma reação.

— Corina — repeti um pouco mais alto, e notei algo que nunca tinha ouvido antes na minha voz, um leve tom de desamparo.

Ela abriu os olhos.

— Vem cá, ursinho de pelúcia — sussurrou ela, envolvendo meu corpo com os braços e me puxando para a cama. — Mais forte. Eu não vou quebrar, sabe?

Não, eu pensei, você não vai quebrar. Nós, *isso* não vai se romper. Porque foi por isso que esperei, é para isso que venho treinando. Nada exceto a morte pode estragar isso.

— Ah, Olav — sussurrou ela. — Ah, Olav.

Seu rosto fulgurava, ela ria, mas os olhos brilhavam com lágrimas. Seus seios brancos, muito brancos, reluziam embaixo de mim. E apesar de naquele momento ela estar o mais próximo que se pode estar de outra pessoa, era quase como se eu a esti-

81

vesse vendo pela primeira vez, distante, atrás de uma janela do outro lado da rua. E pensei que é impossível ver alguém mais despido do que quando não sabe que é observado, estudado. Ela nunca me viu assim. Talvez nunca fosse ver. Então me ocorreu. Eu ainda tinha aquelas folhas de papel, a carta, aquela que nunca terminei. E se Corina a encontrasse podia entender tudo errado. Ao mesmo tempo, era estranho que meu coração passasse a bater mais rápido por uma coisa tão insignificante quanto aquilo. As folhas estavam debaixo do porta-talheres na gaveta da cozinha, não havia qualquer motivo para que alguém tirasse aquilo do lugar. Mas me convenci a me livrar delas na primeira oportunidade.

— Isso, Olav, assim.

Algo se libertou de dentro de mim quando gozei, algo que estava ali dormente, não sei o quê, mas acho que a força da minha ejaculação o abalou e revelou. Fiquei deitado de costas, respirando fundo. Eu era um homem diferente, só não sabia de que forma.

Ela se curvou sobre mim e fez carinho na minha testa.

— Como você está se sentindo, meu senhor?

Respondi, mas estava com pigarro na garganta.

— O quê? — Ela riu.

Pigarreei e repeti:

— Faminto.

Ela riu ainda mais alto.

— E feliz — eu disse.

Corina não suportava peixe. Era alérgica, sempre foi, coisa de família.

Os supermercados estavam todos fechados agora, mas eu disse que podia pedir uma PC Especial na Pizzaria Chinesa.

— *Pizzaria Chinesa?*

— Pizzas e comida chinesa. Separadas, quero dizer. Janto lá quase todo dia.

Eu me vesti novamente e desci até a cabine telefônica da esquina. Nunca tive telefone no apartamento, nunca quis. Não queria que as pessoas tivessem um modo de me ouvir, me achar, falar comigo.

Da cabine conseguia ver a minha janela, no quarto andar. E conseguia ver Corina ali, com a cabeça envolta por uma luz, como um halo. Ela olhava para mim. Acenei. Ela acenou de volta.

Então a moeda caiu num deglutir metálico.

— Pizzalia Chinesa, boa noite.

— Oi, Lin, é Olav. Uma PC Especial para viagem.

— Não come aqui, senhô Olav?

— Hoje não.

— Quinze minuto.

— Obrigado. Mais uma coisa. Alguém passou por aí perguntando por mim?

— Peguntar do senhô? Não.

— Ótimo. Por acaso há alguém aí no restaurante que você já tenha visto comigo? Um cara com um bigodinho engraçado, que parece desenhado? Ou de jaqueta de couro marrom, com um cigarro atrás da orelha?

— Espera. Nããão...

Eram apenas dez mesas, então eu acreditei nele. Nem Brynhildsen nem Pine esperavam por mim. Foram até lá comigo em mais de uma ocasião, mas ao que parece não sabiam que eu era um frequentador assíduo. Bom.

Empurrei a pesada porta de metal da cabine telefônica e olhei para a janela. Ela ainda estava lá.

Levei quinze minutos para caminhar até a Pizzaria Chinesa. A pizza me aguardava numa caixa de papelão vermelha do tamanho de uma mesa de camping. PC Especial. A melhor de Oslo. Eu mal podia esperar para ver a cara de Corina quando ela desse a primeira mordida.

Lin disse o habitual "tchau tchau" quando passei pela porta, que bateu às minhas costas antes que eu tivesse tempo de responder.

Caminhei apressado pela calçada e dobrei a esquina. Pensava em Corina. Eu devia estar pensando *muito* em Corina. Pelo menos é a única desculpa para não tê-los visto nem ouvido, ou até mesmo para não ter tido o pensamento óbvio: se eles sabiam que eu frequentava aquele restaurante, também sabiam que eu podia ter pensado que eles sabiam; portanto eu não chegaria nem perto dali sem alguma cautela. Então não esperavam lá dentro no calor e na luz, mas fora, na escuridão gelada, onde eu podia jurar que até mesmo as moléculas tinham dificuldade em se mover.

Ouvi dois passos na neve, mas a porra da pizza me atrapalhou, e eu não tive tempo de sacar a pistola antes de sentir o metal duro e frio contra a minha orelha.

— Onde ela está?

Era Brynhildsen. Seu bigodinho fino se moveu quando ele falou. Trazia consigo um rapaz que parecia mais assustado que perigoso e que podia muito bem ter um crachá de "trainee" na jaqueta, mas ainda assim fez um trabalho meticuloso ao me revistar. Supus que Hoffmann tenha tido o bom senso de mandar o moleque ajudar Brynhildsen sem lhe dar uma arma. Talvez tivesse uma faca ou coisa parecida escondida. Pistolas eram presentes de batismo.

— Hoffmann disse que você pode viver se nos entregar a esposa dele — disse Brynhildsen.

Era mentira, mas eu teria dito a mesma coisa. Considerei minhas opções. A rua estava deserta de carros e pessoas. Com exceção das pessoas erradas. E estava tão silenciosa que ouvi a mola do mecanismo do gatilho ranger baixinho ao ser tensionada.

— Certo — disse Brynhildsen. — Podemos encontrá-la sem você, sabe?

Ele tinha razão, não estava blefando.

— Ok. Só fiquei com ela para ter com que barganhar. Não fazia ideia de que o cara fosse um Hoffmann.

— Não sei nada sobre isso, nós só queremos a esposa.

— Então é melhor irmos pegá-la — eu disse.

Capítulo 13

— *Precisamos* ir de metrô — expliquei. — Ela acha que eu a estou protegendo. E estou. A não ser que possa usá-la num acordo como esse. Mas eu disse que se não voltasse para casa em meia hora, algo sério devia ter acontecido e ela devia fugir. E vamos demorar pelo menos 45 minutos para chegar ao meu prédio com o trânsito do Natal.

Brynhildsen me encarou.

— Então ligue para ela e diga que vai se atrasar um pouco.

— Eu não tenho telefone.

— Jura? Então como a pizza já estava esperando quando você chegou, Johansen?

Olhei para a enorme caixa de papelão vermelho. Brynhildsen não era nenhum idiota.

— Cabine telefônica.

Ele passou o polegar e o indicador pelo bigode, como se tentasse esticar os pelos. Então olhou de um lado para o outro da rua. Possivelmente avaliando o trânsito. E pensando no que Hoffmann diria se ela escapasse.

— PC Especial. — Isso veio do rapaz mais novo. Ele tinha um sorriso enorme no rosto ao indicar a caixa com a cabeça. — Melhor pizza da cidade, hein?

— Cala a boca — disse Brynhildsen, que deixou de lado o cofiar do bigode depois de se decidir. — Vamos pegar o metrô. Depois ligamos para Pine da sua cabine telefônica e pedimos para ele nos pegar lá.

Caminhamos durante cinco minutos, o tempo necessário para chegar à estação de metrô próxima ao Teatro Nacional. Brynhildsen abaixou a manga do casaco para cobrir a pistola.

— Você que compre a sua passagem, *eu* não vou pagar — disse ele quando chegamos às bilheterias.

— Meu ticket é válido por uma hora — menti.

— Verdade — disse Brynhildsen com um sorriso.

Eu sempre podia torcer por uma inspeção de passagens, para que me levassem a uma bela e segura delegacia.

O metrô estava tão cheio quanto eu esperava. Gente cansada na volta para casa, adolescentes mascando chiclete, homens e mulheres encolhidos, com frio, carregando sacolas plásticas cheias de presentes de Natal. Então precisamos ficar de pé. Nós nos posicionamos no centro do vagão, cada um segurando em uma reluzente barra de aço. As portas se fecharam, e a expiração dos passageiros voltou a se acumular nas janelas. O trem partiu.

— Hovsteter. Você não tem cara de quem mora na zona oeste, Johansen.

— Você não devia acreditar em tudo que acredita, Brynhildsen.

— Jura? Como o fato de eu ter pensado que você podia comprar uma pizza em Hovsteter em vez de vir até o centro?

— É uma PC Especial — disse o rapaz, reverente, olhando para a caixa vermelha que ocupava um espaço absurdo no vagão lotado. — Não dá para...

— Cala a boca. Então você gosta de pizza fria, Johansen?

— A gente requenta.

— *A gente*? Você e a esposa de Hoffmann? — Brynhildsen riu, aquele riso que mais parecia uma fungada. Soava como um machado caindo. — Você tem razão, Johansen. Não devemos mesmo acreditar em tudo que acreditamos.

Não, eu pensei. Você, por exemplo, não devia acreditar que um cara como eu acharia que um homem como Hoffmann o deixaria viver. Também não devia acreditar que um cara como eu não tomaria medidas desesperadas para mudar o rumo das coisas. As sobrancelhas de Brynhildsen quase se encontravam acima do nariz.

Obviamente, não consegui ler o que se passava na cabeça dele, mas acho que o plano era atirar em Corina no apartamento. Então colocar a pistola na minha mão e fazer parecer que eu havia atirado nela, e então em mim mesmo. Um pretendente que enlouquece de amor, um clássico. Opção melhor que desovar nós dois num lago em um vale nos arredores de Oslo. Porque se Corina simplesmente desaparecesse, o marido automaticamente seria o principal suspeito, e não havia muito em Hoffmann que resistisse a uma investigação mais detalhada. Bem, é o que eu teria feito se fosse Brynhildsen. Mas Brynhildsen não era eu. Ele era um homem com um ajudante inexperiente, uma pistola escondida numa manga e a outra mão segurando de leve uma barra de metal, sem espaço para manter os pés afastados a fim de manter o equilíbrio. Quando se é um passageiro de primeira viagem naquela linha, é assim que as coisas são. Contei. Eu conhecia cada solavanco dos trilhos, cada movimento, cada vírgula e ponto final.

— Segure — eu disse, empurrando a pizza no peito do rapaz, que automaticamente a pegou.

— Ei! — gritou Brynhildsen acima do som de metal em atrito, erguendo a mão que segurava a arma no exato instante em que passamos pela junção nos trilhos. Quando o solavanco do trem fez Brynhildsen estender o braço com a pistola num reflexo ao tentar recuperar o equilíbrio, agarrei a barra com as duas mãos e investi com toda força. Mirei o ponto onde as sobrancelhas quase se juntavam acima do nariz. Li que a cabeça de um ser humano pesa cerca de quatro quilos e meio, o que, à velocidade de setenta quilômetros por hora, produz o tipo de força que alguém melhor que eu em matemática poderia calcular. Quando recuei, um filete de sangue saía do nariz quebrado de Brynhildsen, e os olhos dele estavam quase que inteiramente brancos, com apenas um pouquinho das íris visíveis debaixo das pálpebras, e seus braços pareciam rígidos ao lado do corpo, como um pinguim. Vi que ele estava fora de combate, mas para evitar qualquer possível recuperação, agarrei suas mãos, de modo que uma das minhas segurasse a pistola escondida na manga, dando a impressão de que nós dois ensaiávamos algum tipo de dança folclórica. Então repeti o movimento anterior, já que tivera um efeito tão bem--sucedido da primeira vez. Puxei-o com força contra mim, abaixei a cabeça e a enterrei em seu nariz. Ouvi o som de alguma coisa se quebrando, algo que provavelmente não deveria ter quebrado. Soltei-o, mas não a pistola, e ele caiu desacordado enquanto os outros passageiros à nossa volta tentavam se afastar.

Girei e apontei a pistola para o aprendiz no instante em que uma voz nasalada e deliberadamente desinteressada anunciava "Majorstua" nos alto-falantes.

— Minha parada — eu disse.

Os olhos dele estavam arregalados sobre a caixa da pizza, sua boca tão aberta que, de um jeito perverso, era quase sedutora. Quem sabe daqui a alguns anos ele venha atrás de mim com mais experiência, mais bem-armado. Anos? Esses jovens aprendem tudo que precisam saber em três ou quatro meses.

O trem diminuiu de velocidade ao entrar na estação. Recuei para a porta às minhas costas. De uma hora para outra tínhamos espaço de sobra — as pessoas estavam amontoadas junto às paredes, olhando para nós. Um bebê fazia sons indistintos para a mãe, mas fora isso todos permaneciam em silêncio. O trem parou e as portas se abriram. Dei outro passo para trás e parei. Se havia pessoas tentando entrar naquele vagão, muito sabiamente escolheram outra porta.

— Vamos — eu disse.

O rapaz não reagiu.

— Vamos — eu disse, de forma mais enfática.

Ele pestanejou, ainda sem entender.

— A pizza.

Ele deu um passo para a frente, apático como um sonâmbulo, e me estendeu a caixa vermelha. Recuei para a plataforma. Fiquei ali parado, apontando a pistola para o rapaz, para que entendesse que aquela era apenas a *minha* parada. Olhei de relance para Brynhildsen. Ele estava desabado no chão, mas um ombro tinha leves espasmos, como uma descarga elétrica em uma pessoa muito fodida, mas não exatamente morta.

As portas se fecharam.

O rapaz ficou olhando para mim através das janelas sujas, embaçadas, manchadas de sal. O trem seguiu para Hovsteter e arredores.

— Tchau tchau — sussurrei, abaixando a pistola.

Caminhei rápido para casa, imerso na escuridão, atento às sirenes da polícia. Assim que as ouvi, coloquei a caixa da pizza nos degraus de uma livraria fechada e retornei, seguindo rumo à estação. Quando as luzes azuis passaram, dei meia-volta e recuei apressado. A caixa de pizza continuava intocada nos degraus. Como eu disse, mal podia esperar para ver a cara de Corina quando ela desse a primeira mordida.

Capítulo 14

— Você não perguntou — disse ela no escuro.

— Não.

— Por que não?

— Acho que não sou uma pessoa que faz muitas perguntas.

— Mas você deve estar se questionando. Pai e filho...

— Achei que você me contaria o que quisesse quando tivesse vontade.

A cama rangeu quando Corina se virou para mim.

— E se eu nunca disser nada?

— Então eu nunca vou saber.

— Não entendo você, Olav. Por que quis me salvar? A *mim*? Você é tão adorável, e eu sou tão desprezível.

— Você não é desprezível.

— Como pode saber? Você não quer nem me fazer perguntas.

— Sei que você está aqui comigo agora. Isso basta por enquanto.

— E depois? Digamos que você consiga pegar Daniel antes que ele pegue você. Digamos que a gente chegue a Paris. Que, de alguma forma, a gente consiga ganhar dinheiro suficiente para sobreviver. Você ainda vai ficar se perguntando quem é ela, essa mulher que foi capaz de ser amante do próprio enteado. Quem conseguiria confiar de verdade em alguém assim? Com tamanho talento para a traição...

— Corina — eu disse, tateando à procura dos cigarros —, se você estiver preocupada com o que eu penso ou deixo de pensar, fique à vontade para me contar tudo. O que estou dizendo é que cabe a você.

Ela mordeu de leve o meu braço.

— Você tem medo do que eu possa dizer, é isso? Tem medo de que eu diga que não sou a pessoa que espera que eu seja?

Peguei um cigarro, mas não consegui encontrar o isqueiro.

— Eu escolhi ganhar o pão de cada dia matando outras pessoas. Tendo a ser tolerante quando se trata das ações e decisões dos outros.

— Não acredito em você.

— O quê?

— Não acredito em você. Acho que só está tentando esconder.

— Esconder o quê?

Eu a ouvi engolir seco.

— Que me ama.

O luar da janela cintilou em seus olhos úmidos.

— Você me ama, seu bobo. — Ela me deu um tapinha leve no ombro. E repetiu: — Você me ama, seu bobo. Você me ama, seu bobo. — Até lágrimas rolarem pelo seu rosto.

Puxei-a para mim. Abracei Corina até que meu ombro ficasse quente, e então frio com as lágrimas. Agora conseguia ver o isqueiro. Estava em cima da caixa de papelão vermelha. Se eu tinha qualquer dúvida, agora eu sabia. Ela gostava da PC Especial. Ela gostava de mim.

Capítulo 15

Dia 23 de dezembro, faltavam dois dias para o Natal.

Tinha voltado a esfriar. Era o fim do clima ameno, pelo menos por enquanto.

Liguei da cabine telefônica na esquina para a agência de viagens. Eles disseram quanto custariam as passagens de avião para Paris. Eu disse que voltaria a ligar. Então telefonei para o Pescador.

Disse sem rodeios que queria dinheiro para apagar Hoffmann.

— Estamos numa linha aberta, Olav.

— O telefone não está grampeado.

— Como você sabe?

— Hoffmann paga um sujeito da companhia telefônica que sabe quais números estão grampeados. Nenhum de vocês está na lista.

— Estou ajudando-o a resolver seu problema, Olav. Por que deveria pagar por isso?

— Porque você vai lucrar tanto com Hoffmann fora do seu caminho que meu pagamento vai ser um trocado.

Uma pausa. Mas não muito longa.

— Quanto?

— Quarenta mil.

— Ok.

— Em espécie, e o dinheiro será pego na peixaria amanhã cedo.

— Ok.

— Mais uma coisa. Não vou correr o risco de ir à peixaria hoje à noite; os homens de Hoffmann estão se aproximando demais. Providencie que o furgão me pegue nos fundos do estádio Bislett às sete.

— Ok.

— Você já conseguiu os caixões e o furgão?

O Pescador não respondeu.

— Desculpe — eu disse. — Estou acostumado a organizar tudo sozinho.

— Mais alguma coisa?

Desligamos. Fiquei ali olhando para o telefone. O Pescador concordou com 40 mil sem mais perguntas. Eu teria ficado satisfeito com quinze. Será que aquele patife não sabia disso? Não fazia sentido. Ok, então não fazia sentido. Eu me vendi barato. Devia ter pedido sessenta. Oitenta, talvez. Mas agora era tarde, eu precisaria ficar feliz com o fato de ter conseguido renegociar os termos uma vez na vida.

Em geral fico nervoso mais de vinte e quatro horas antes de um trabalho. Então o nervosismo vai diminuindo à medida que a hora se aproxima.

Foi igual dessa vez.

Passei na agência de viagens e reservei as passagens para Paris. Recomendaram um hotelzinho em Montmartre. Preço razoável, mas aconchegante e romântico, disse a mulher do outro lado do balcão.

— Ótimo — eu disse.

— Presente de Natal? — A mulher sorriu ao fazer a reserva com um nome semelhante ao meu, mas não igual. Ainda não. Eu o corrigiria antes de viajarmos. Já ela trazia seu nome em um crachá no terninho verde-pera que evidentemente era o uniforme da agência. Maquiagem pesada. Manchas de nicotina nos dentes. Bronzeado. Talvez viagens para lugares ensolarados com tudo pago fizessem parte do seu trabalho. Eu disse que voltaria na manhã seguinte para pagar à vista.

Saí para a rua. Olhei para um lado e para o outro. Ansiando pela escuridão.

A caminho de casa percebi que a imitava. Maria.

Isso. É. Tudo.

— Podemos comprar tudo que você precisar em Paris — eu disse a Corina, que parecia estar consideravelmente mais nervosa que eu.

Às seis eu já havia desmontado, limpado e lubrificado minha pistola e a montado novamente. Já havia carregado o pente. Tomei banho e me troquei no banheiro. Repassei o que estava prestes a acontecer. Pensei que deveria me assegurar de que Klein nunca ficasse atrás de mim. Vesti meu terno preto. Então sentei na poltrona. Eu suava. Corina tremia de frio.

— Boa sorte — disse ela.

— Obrigado. — Levantei e saí.

Capítulo 16

Eu batia o pé na escuridão atrás do velho estádio.

Tinha saído no *Correio da Noite* que faria frio de verdade naquela noite e nos dias seguintes, e que o recorde de baixa temperatura fatalmente seria quebrado.

O furgão preto estacionou junto à calçada exatamente às sete horas. Nem um minuto a mais, nem um minuto a menos. Tomei aquilo como um bom sinal.

Abri a porta de trás e entrei. Klein e o Dinamarquês estavam sentados em caixões brancos. Ambos vestiam terno preto, camisa branca e gravata, como eu tinha pedido. O Dinamarquês me cumprimentou com algum comentário espirituoso naquela língua gutural dele, mas Klein apenas me encarou. Sentei no terceiro caixão e bati na janela da cabine. O motorista daquela noite era o rapaz que havia notado minha presença na primeira vez que fui à peixaria.

O caminho até a Igreja Ris serpenteava por tranquilas ruas residenciais. Eu não conseguia vê-las, mas sabia exatamente que aspecto tinham.

Funguei. Será que o Pescador estava usando um de seus furgões de entrega? Se fosse o caso, eu esperava pelo bem dele que tivessem colocado placas frias no veículo.

— De onde é o furgão? — perguntei.

— Estava estacionado em Ekeberg — respondeu o Dinamarquês. — O Pescador nos pediu para encontrar algo adequado para um enterro. — Ele gargalhou. — "Adequado para um enterro."

Desisti de fazer a pergunta seguinte: por que fedia a peixe. Percebi que eram eles. Lembrei que eu também fiquei fedendo a peixe depois da minha visita aos fundos da peixaria.

— Qual é a sensação? — perguntou Klein de súbito. — Se preparar para apagar o próprio chefe?

Eu sabia que quanto menos eu e Klein disséssemos um ao outro, melhor.

— Não sei.

— É claro que sabe! Então?

— Esqueça.

— Não.

Percebi que Klein não iria desistir.

— Primeiro, Hoffmann não é meu chefe. Segundo, não sinto nada.

— Claro que ele é o seu chefe! — Eu podia ouvir a raiva permeando sua voz.

— Se você está dizendo.

— Por que ele *não* seria o seu chefe?

— Não é importante.

— Qual é, cara. Você quer que a gente salve a sua pele hoje à noite, que tal nos dar — ele esfregou o polegar no indicador — algo em troca?

O furgão fez uma curva fechada e nós deslizamos nas tampas escorregadias dos caixões.

— Hoffmann pagava por alvo — expliquei. — E isso faz dele meu cliente. Fora isso...

— *Cliente?* — repetiu Klein. — E Mao foi um *alvo?*

— Se Mao foi alguém que eu apaguei, então Mao foi um alvo sim. Sinto muito se vocês tinham laços afetivos.

— Laços afeti... — Klein cuspiu as palavras, e sua voz ficou esganiçada. Ele parou e respirou fundo. — Então quanto tempo você espera viver, matador?

— Hoje à noite Hoffmann é o alvo — eu disse. — Sugiro tentarmos nos concentrar nisso.

— E depois que ele estiver morto — insistiu Klein —, outra pessoa será o alvo.

Ele me encarava sem sequer tentar esconder o ódio.

— Tendo em vista que você evidentemente gosta de ter um chefe, talvez eu deva lembrá-lo das ordens do Pescador — retruquei.

Klein estava a ponto de levantar aquela escopeta sinistra quando o Dinamarquês colocou uma mão em seu braço.

— Fica frio, Klein.

O furgão reduziu a velocidade. O motorista falou atrás do vidro:

— Hora de deitar nas suas camas de vampiro, rapazes.

Levantamos a tampa dos nossos caixões e nos esprememos ali dentro. Esperei até ver Klein abaixar a tampa do seu antes de abaixar a minha. Tínhamos dois parafusos para prender a tampa por dentro. Só algumas poucas voltas. O bastante para segurá-las no lugar. Mas não para impedir que as empurrássemos quando chegasse a hora. Eu não estava mais nervoso. Mas meus joelhos tremiam. Estranho.

O furgão parou. Portas abriram e fecharam, e eu ouvi vozes do lado de fora.

— Obrigado por nos deixar usar a capela. — A voz do motorista.

— Sem problema.

— Disseram que alguém me ajudaria a carregá-los.

— Sim, acho que você não terá grande ajuda dos defuntos.

Riso debochado. Concluí que fomos recebidos por um dos coveiros. A porta de trás do furgão foi aberta. Eu estava mais próximo, e senti que me carregavam. Permaneci o mais imóvel possível. Buracos haviam sido abertos na base e nas laterais de madeira, e vi feixes de luz na escuridão do caixão quando me carregavam até o corredor.

— Então essa é a família que morreu na estrada de Trondheim?

— É.

— Li a respeito no jornal. Trágico. Eles serão enterrados no norte, certo?

— Sim.

Senti que estávamos descendo. Escorreguei para trás e bati a cabeça no caixão. Merda, sempre achei que os caixões eram carregados com os pés voltados para a frente.

— Não vai dar tempo de levá-los antes do Natal?

— Eles vão ser enterrados em Narvik, uma viagem de dois dias. — Passos curtos e arrastados. Estávamos na estreita escada de pedra agora. Eu lembrava bem.

— Por que não mandá-los de avião?

— Os familiares acharam caro demais — disse o rapaz. Estava se saindo bem. Eu tinha falado para ele que se fizessem muitas perguntas ele deveria dizer que era novo na funerária.

— E querem que eles fiquem em uma igreja enquanto isso?

— Sim. Natal e tudo mais.

O caixão voltou a ficar na horizontal.

— Bem, é compreensível. E não falta espaço por aqui, como você pode ver. Só temos aquele caixão ali. O enterro é amanhã. Sim, está aberto, a família já deve estar chegando para o velório. Podemos colocar esse aqui naqueles cavaletes.

— Podemos colocá-lo direto no chão.

— Você quer deixar o caixão no piso de concreto?

— Sim.

Eles pararam de se mover. Tive a impressão de estarem refletindo sobre o assunto.

— Como quiser.

Fui colocado no chão. Ouvi um som de atrito perto da minha cabeça, então passos se afastando.

Estava sozinho. Espiei por um dos buracos. Não exatamente. Sozinho com o cadáver. Um alvo. Meu cadáver. Também fiquei sozinho aqui da última vez. Minha mãe parecia tão pequena deitada no caixão. Seca. Talvez sua alma ocupasse mais espaço dentro do corpo que a da maioria das pessoas. A família dela também estava lá. Nunca os tinha visto antes. Quando minha mãe se juntou com o meu pai, os pais dela a rejeitaram. A ideia de que alguém da família se casaria com um criminoso não era algo que meu avós, tios e tias pudessem tolerar. O fato de ela ter se mudado com ele para a zona leste da cidade foi o único alívio: o que os olhos não veem o coração não sente. Mas eu estava ao alcance dos olhos deles. Dos meus avós, tios e tias, que até então eram apenas pessoas de quem minha mãe falava quando estava bêbada ou chapada. As primeiras palavras que ouvi dos meus parentes foram "sinto muito". Cerca de vinte pessoas dizendo o quanto lamentavam minha perda numa igreja na zona oeste da cidade, a passos de distância de onde ela tinha sido criada. Então mais uma vez me retirei para o meu lado do rio e nunca mais voltei a vê-los.

Conferi se os parafusos ainda estavam no lugar.

O segundo caixão chegou.

Os passos voltaram a se afastar. Olhei as horas. Sete e meia.

O terceiro caixão chegou.

O motorista e o coveiro se foram, suas vozes sumindo degraus acima enquanto falavam de comida natalina.

Até então tudo corria de acordo com o plano.

O padre obviamente não fez objeções quando liguei em nome da família de Narvik e perguntei se a igreja se incomodaria em abrigar os três caixões na capela durante o Natal, a caminho de casa. Estávamos posicionados e, com um pouco de sorte, em meia hora Hoffmann estaria ali. Sempre podíamos torcer para que ele deixasse os guarda-costas do lado de fora. De qualquer forma, não era exagero dizer que o elemento surpresa estaria inteiramente a nosso favor.

O mostrador luminoso do meu relógio piscava na escuridão.

Dez para as oito.

Oito horas.

Oito e cinco.

Um pensamento me ocorreu. Aquelas folhas de papel. A carta. Ainda estava debaixo do porta-talheres. Por que não me livrei dela? Simplesmente esqueci? E por que me perguntava aquilo, em vez de *e se* Corina a encontrar?"? Será que eu queria que a encontrasse? Qualquer um que soubesse a resposta para perguntas como essas seria um homem rico.

Ouvi carros do lado de fora. Portas fechando.

Passos nas escadas.

Eles estavam ali.

— Ele parece estar em paz — disse baixinho uma voz de mulher.

— Deixaram ele muito bonito. — Uma mulher mais velha fungou.

— Deixei as chaves do carro na ignição. — Uma voz de homem. — Acho que vou...

— Você não vai a lugar nenhum, Erik. — A mulher mais nova. — Meu Deus, como você é frouxo.

— Mas meu amor, o carro...

— Está no estacionamento de um cemitério, Erik! O que você acha que vai acontecer com ele aqui?

Espiei por um dos buracos laterais do caixão.

Torci para que Daniel Hoffmann chegasse sozinho. Eles eram quatro, e estavam todos de pé do mesmo lado do caixão, voltados para mim. Um homem calvo, que tinha mais ou menos a idade de Daniel. Não se pareciam muito. Cunhado, talvez. Isso combinava com a mulher ao seu lado: tinha 30 e poucos anos e estava com uma menina de 10 ou 12 anos. Irmã mais nova e sobrinha. Havia certa semelhança. E a mulher mais velha, grisalha, era Daniel cuspido e escarrado. Irmã mais velha? Mãe?

Mas nada de Daniel Hoffmann.

Tentei me convencer de que ele chegaria no próprio carro, de que seria estranho a família toda chegar no mesmo veículo.

Isso foi confirmado quando o cunhado calvo olhou para o relógio.

— Benjamim assumiria o lugar do pai, esse sempre foi o plano. — A mulher mais velha fungou novamente. — O que Daniel vai fazer agora?

— Mãe — disse a mulher mais jovem em tom de alerta.

— Ah, não finja que Erik não sabe.

Erik deu de ombros, balançou o corpo sobre os calcanhares.

— Sim, sei a respeito dos negócios de Daniel.

— Então você também sabe o quanto ele está doente.

— Elise mencionou, sim. Mas não somos próximos de Daniel. Ou da tal... é...

— Corina — completou Elise.

— Então talvez seja hora de vocês passarem a vê-lo um pouco mais — sugeriu a mulher mais velha.

— Mãe!

— Só estou dizendo que não sabemos até quando teremos Daniel por aqui.

— Nós não queremos ter qualquer relação com os negócios de Daniel, mãe. Olha só o que aconteceu com Benjamin.

— Shh!

Passos na escada.

Duas pessoas entraram na sala.

Uma abraçou a mulher mais velha. Fez um aceno de cabeça para a mulher mais nova e o cunhado.

Daniel Hoffmann. E com ele Pine, que uma vez na vida estava de boca fechada.

Eles ficaram entre nós e o caixão, de costas. Perfeito. Se desconfio de que um alvo está armado, faço o possível e o impossível para me posicionar de modo a atirar pelas costas.

Minha mão envolveu com mais força o cabo da pistola.

Esperando.

Esperando pelo camarada do chapéu de pele.

Ele não veio.

Devia ter assumido posição do lado de fora da igreja.

Isso deixaria as coisas mais fáceis a princípio, mas ele podia ser um problema com o qual precisaríamos lidar mais tarde.

Minha deixa para o Dinamarquês e Klein era simples: um grito.

E não havia um único motivo lógico no mundo para que isso não acontecesse naquele exato instante. Mas eu ainda tinha a sensação de que haveria um momento certo, um segundo em especial em meio a todos os outros. Da mesma forma que o bastão de esqui e o meu pai. Como num livro, quando o autor decide em que momento vai acontecer algo que você sabe que vai ocorrer, porque ele já avisou antes. Há um lugar apropriado na história, então é necessário esperar um pouco para que as coisas aconteçam na ordem certa. Fechei os olhos e senti o relógio em contagem regressiva, uma mola tensionada, uma gota ainda pendurada na ponta de uma estalactite de gelo.

E então chegou o momento.

Gritei e empurrei a tampa do caixão.

Capítulo 17

Estava claro. Claro e aconchegante. Minha mãe explicou que minha temperatura estava alta e que o médico que tinha passado por ali disse que eu precisaria ficar alguns dias de cama e beber bastante água, mas que não havia com que se preocupar. Só então percebi que ela estava preocupada. Mas eu não estava com medo. Eu estava bem. Mesmo quando eu fechava os olhos estava claro, a luz resplandecia através das pálpebras, um brilho vermelho, quente. Fui colocado na cama da minha mãe, e a sensação era de que todas as estações passavam pelo quarto. Primavera amena se tornando verão escaldante, com suor escorrendo da testa para os lençóis grudados nas minhas pernas como chuva de verão, então por fim o alívio do outono, com ar claro, sentidos claros. Até que subitamente era inverno outra vez, com dentes tiritando e um longo passeio à deriva através de sono, sonho e realidade.

Ela foi até a biblioteca e pegou um livro para mim. *Os miseráveis*. Victor Hugo. "Edição resumida", dizia a capa, abaixo de um desenho de Cosette ainda menina, a ilustração original de Émile Bayard.

Eu li e sonhei. Sonhei e li. Acrescentei e cortei cenas. No fim, não tinha certeza do que havia sido criado pelo autor e do que era minha própria invenção.

Acreditei na história. Só não achei que Victor Hugo a tivesse contado de forma honesta.

Não acreditei que Jean Valjean tivesse roubado um pão, que precisava se redimir por isso. Desconfiei de que Hugo não quisesse correr o risco de que seus leitores não torcessem pelo herói se ele contasse a verdade. Que Jean Valjean havia matado alguém. Que ele era um assassino. Jean Valjean era um bom homem, então a pessoa que ele matou deve ter merecido morrer. Sim, era isso. Jean Valjean matou alguém que fez alguma maldade, e precisava pagar por isso. A história do roubo do pão simplesmente me irritava. Por isso reescrevi a história. Eu a tornei melhor.

Então: Jean Valjean era um assassino sanguinário procurado por toda a França. E ele amava Fantine, a pobre prostituta. Amava tanto que estava disposto a fazer qualquer coisa por ela. Tudo que fez por Fantine, ele fez por amor, loucura, devoção, não para salvar a própria alma imortal ou por amor ao próximo. Ele se submeteu à beleza. Sim, foi isso que fez. Se submeteu e obedeceu à beleza de sua prostituta arruinada, doente, moribunda, sem dentes ou cabelo. Via beleza onde ninguém conseguia imaginá-la. E por esse motivo ela era apenas sua. E ele dela.

Dez dias se passaram até que a febre começasse a ceder. Para mim foi como um dia e, quando voltei a mim, minha mãe estava sentada ao lado da cama. Afagou minha testa, chorou baixinho e me disse que foi por pouco.

Eu disse que estive num lugar para onde gostaria de voltar.

— Não, você não pode dizer isso, Olav, querido!

Eu sabia o que ela estava pensando. Porque ela tinha um lugar para onde sempre queria voltar, para onde viajava quando bebia.

— Mas eu não quero morrer, mãe. Quero apenas inventar histórias.

Capítulo 18

Eu estava de joelhos, com as mãos na pistola.

Vi Pine e Hoffmann se virarem, quase em câmera lenta.

Acertei Pine nas costas, acelerando seu movimento. Dois tiros. Plumas brancas voaram de sua jaqueta marrom, dançando no ar como neve. Ele conseguiu sacar a pistola de dentro da jaqueta e disparar, mas não erguer o braço. As balas acertaram o piso e as paredes e ricochetearam com estardalhaço pela sala de pedra. Com o canto do olho, vi que Klein tinha levantado a tampa do caixão ao meu lado, mas ainda não havia saído. Talvez não tenha gostado da saraivada de tiros. O Dinamarquês saíra de seu caixão e apontava para Hoffmann, mas como botaram o caixão dele nos fundos da capela, acabei ficando na linha de tiro. Joguei o corpo para trás e ao mesmo tempo apontei minha pistola na direção de Hoffmann. Mas ele foi surpreendentemente rápido. Jogou-se sobre o caixão do filho, bem em cima da menina, e a derrubou ao cair perto da grande parede de pedra da capela, atrás dos outros parentes, imóveis como estátuas de sal, boquiabertos.

Pine estava deitado no chão debaixo da mesa onde repousava o caixão de Benjamin Hoffmann, a mão que segurava a arma rígida e afastada do corpo. Ela girava, disparando balas a esmo. Sangue e fluido espinhal no piso de concreto. Uma Glock. Muitas balas. Apenas uma questão de tempo até que uma acertasse alguém. Coloquei outra bala em Pine. E chutei o caixão de Klein ao voltar a erguer a pistola na direção de Hoffmann. Tinha ele na mira. Estava sentado no chão com as costas na parede e a menina no colo, segurando-a firme com um braço ao redor de seu corpo magro. Com a outra mão, empunhava a arma com o cano encostado em sua têmpora. Ela estava completamente imóvel, apenas me fitava com grandes olhos castanhos, sem piscar.

— Erik... — Era a irmã. Ela olhava para o irmão, mas falava com o marido.

E o homem calvo finalmente reagiu. Deu um passo hesitante na direção do cunhado.

— Não chegue mais perto, Erik — disse Hoffmann. — Esses homens não estão atrás de você.

Mas Erik continuou a andar, trôpego como um zumbi.

— Porra! — gritou o Dinamarquês, sacudindo e batendo em sua pistola. Obviamente não estava funcionando. Uma bala devia ter emperrado. Maldito amador.

— Erik! — repetiu Hoffmann, apontando a pistola para o cunhado.

O pai estendeu os braços para a filha. Umedeceu os lábios.

— Bettine...

Hoffmann disparou. O cunhado cambaleou para trás. Alvejado na barriga.

— Saiam ou atiro na menina — gritou Hoffmann.

Ouvi um longo suspiro ao meu lado. Era Klein, que tinha ficado de pé e apontava a escopeta de cano serrado na direção de Hoffmann. Mas a mesa e o caixão de Hoffmann júnior estavam no meio do caminho, de modo que ele precisou avançar um passo para ter uma linha de tiro desimpedida.

— Volte ou atiro nela! — gritava Hoffmann, agora em falsete.

A escopeta estava apontada para baixo, num ângulo de cerca de quarenta e cinco graus, com Klein curvado para trás, afastado da arma, como se tivesse medo de que aquilo fosse disparar no seu rosto.

— Klein — eu disse. — Não faça isso!

Vi que ele começava a fechar os olhos, como se soubesse que algo ia explodir, mas não exatamente quando.

— Senhor! — falei em voz alta, tentando estabelecer contato visual com Hoffmann. — Senhor! Solte a menina, por favor!

Hoffmann me encarou como se perguntasse se eu o achava um idiota.

Droga. Não era assim que deveria acontecer. Estendi o braço e dei um passo na direção de Klein.

O estrondo da escopeta ressoou nos meus ouvidos. Uma nuvem de fumaça subiu até o teto. Cano curto, grande dispersão.

A blusa branca da menina estava agora coberta de pequenos pontos; havia uma ferida aberta na lateral de seu pescoço, e o rosto de Hoffmann parecia queimar. Mas os dois estavam vivos. Enquanto a pistola de Hoffmann deslizava pelo chão, Klein se curvou sobre o caixão na mesa e estendeu o braço de modo que o cano ficasse apoiado no ombro da menina, com a ponta quase encostando no nariz de Hoffmann, que tentava desesperadamente se esconder atrás da sobrinha.

Ele disparou outra vez. O tiro destruiu o rosto de Hoffmann. Klein se virou com a expressão febril de um louco.

— Um alvo! Isso foi alvo suficiente para você, seu filho da mãe?

Eu estava pronto para atirar na cabeça de Klein se ele apontasse a escopeta na minha direção, mesmo que ela agora não tivesse nada além de dois cartuchos vazios. Olhei de relance para Hoffmann. A cabeça dele estava afundada no meio, como uma maçã caída do pé, apodrecida por dentro. Ele já era. E daí? Teria morrido no final das contas. Todos morremos no final das contas. Mas pelo menos eu sobrevivi a ele.

Peguei a menina, tirei o cachecol de cashmere do pescoço de Hoffmann e o enrolei no pescoço dela, que bombeava sangue. Ela apenas me fitava com pupilas dilatadas, que pareciam preencher os olhos. Não tinha dito uma palavra. Mandei o Dinamarquês ir até a escada e verificar se alguém estava vindo e, enquanto isso, pedi à avó que fizesse pressão no pescoço da neta para estancar o sangramento o máximo possível. Com o canto do olho, vi Klein recarregar aquela escopeta sinistra com dois novos cartuchos. Empunhei minha pistola com firmeza.

A irmã de Hoffmann estava de joelhos ao lado do marido, que gemia em voz baixa, monótona, com as mãos sobre a barriga. Ouvi dizer que suco gástrico numa ferida é algo agonizante, mas achava que viveria. Já a garota... Merda. Que mal ela tinha feito?

— O que fazemos agora? — perguntou o Dinamarquês.

— Sentamos e esperamos — respondi.

Klein fungou.

— Pelo quê? A polícia?

— Esperamos até ouvirmos um carro dar partida e ir embora — eu disse. Lembrei-me do olhar calmo e concentrado sob o chapéu de pele. Eu sempre podia torcer para que ele não fosse assim tão dedicado ao trabalho.

— O coveiro tem...

— Cala a boca!

Klein me encarou. O cano da escopeta subiu ligeiramente. Até ele perceber para onde a minha pistola apontava, então voltou a abaixá-la. E calou a boca.

Mas outra pessoa não fez o mesmo. A voz veio de debaixo da mesa.

— Porra, porra, porra, filho da mãe do caralho...

Por um instante pensei que o camarada estivesse morto, mas sua boca se recusasse a parar, como o rabo de uma cobra cortada pela metade. Li que depois elas podem ficar se debatendo por um dia inteiro.

— Merda bosta filho da mãe do caralho puta que pariu.

Agachei ao lado dele.

Como Pine tinha arranjado aquele apelido era um tema controverso. Alguns diziam que vinha da palavra norueguesa para "dor", porque ele sabia exatamente onde ferir suas mulheres se não fizessem o trabalho direito, lugares que mais causavam dor que desfiguravam, e onde as cicatrizes não danificavam tanto a mercadoria. Outros diziam que vinha do inglês para "pinheiro", já que tinha pernas bem compridas. Mas, naquele instante, parecia que ele ia levar esse segredo para o túmulo.

— Aahhh, filho da mãe, veado de merda! Meu Deus, isso dói pra caralho, Olav!

— Não parece que vai continuar doendo por muito tempo, Pine.

— Não? Merda. Você pode me passar o meu cigarro?

Tirei-o detrás da orelha dele e o coloquei entre seus lábios trêmulos. O cigarro oscilou para cima e para baixo, mas Pine conseguiu mantê-lo no lugar.

— F-f-fogo? — gaguejou ele.

— Desculpe, parei.

— Homem sensato. Você viverá mais.

— Não há garantias.

— Não, claro que não. Você pode ser atropelado por um ô-ô-ônibus amanhã.

Concordei.

— Quem está esperando lá fora?

— Você está suando, Olav. Roupas quentes ou estresse?

— Responda.

— E o que eu ganho c-c-com isso, então?

— Dez milhões de coroas, livres de impostos. Ou fogo para o seu cigarro. Você escolhe.

Pine riu. Tossiu.

— Só o Russo. Mas ele é bom, eu acho. Militar de carreira, algo assim. Não sei, o pobre-diabo não é de falar muito.

— Armado?

— Meu Deus, sim.

— Com quê? Uma automática?

— Que tal aquele fósforo?

— Depois, Pine.

— Tenha piedade de um homem que está morrendo, Olav. — Ele tossiu sangue na minha camisa branca. — Você vai dormir melhor, sabe?

— Como você dormiu melhor depois de forçar aquela surda--muda a trabalhar nas ruas para pagar a dívida do namorado?

Pine pestanejou. A expressão em seus olhos era estranhamente clara, como se algo houvesse serenado.

— Ah, ela — disse ele em voz baixa.

— É, ela.

— Você deve ter e-e-entendido errado, Olav.

— É mesmo?

— Sim. Foi ela que me procurou. Ela *queria* pagar as dívidas do sujeito.

— Queria?

Pine assentiu. Eu quase podia dizer que ele se sentia melhor.

— Na verdade, eu disse não. Quer dizer, ela não era assim tão bonita, e quem quer pagar por uma garota que não consegue ouvir o que você quer que ela faça? Eu só disse sim porque ela insistiu. Então, depois que assumiu a dívida, era dela, não?

Não respondi. Eu não tinha uma resposta. Alguém havia reescrito a história. Minha versão era melhor.

— Ei, Dinamarquês! — gritei em direção à entrada. — Você tem fogo?

Ele passou a pistola para a mão esquerda sem tirar os olhos da escada e pegou um isqueiro com a direita. Somos estranhas criaturas de hábitos. Ele o jogou para mim. Peguei-o no ar. O áspero som de fricção. Segurei a chama amarela em frente ao cigarro. Esperei que fosse aspirada e se infiltrasse no tabaco, mas ela continuou ardendo na vertical. Mantive-a ali por um instante, então ergui o polegar. O isqueiro apagou, a chama se foi.

Olhei ao redor. Sangue e gemidos. Todos concentrados em seus próprios problemas. Todos exceto Klein, que se concentrava em mim. Retribuí o olhar.

— Você vai primeiro — eu disse.

— Hã?

— Você sobe a escada primeiro.

— Por quê?

— O que você quer que eu diga? Porque você tem uma escopeta?

— Você pode ficar com a escopeta.

— Não é esse o motivo. Porque eu disse para você ir primeiro. Não quero você atrás de mim.

— Que porra é essa? Então você não confia em mim ou o quê?

— Confio o bastante para deixar você ir primeiro. — Eu não me dava ao trabalho de fingir que não apontava a pistola para ele. — Dinamarquês! Fique esperto. Klein vai sair.

Klein me encarou, um olhar duro.

— Você vai pagar por isso, Johansen.

Ele tirou os sapatos, caminhou rápido até a base da escada de pedra e subiu agachado, pé ante pé, até a penumbra.

Nós o acompanhamos com os olhos. Vimos quando parou, esticou o corpo para espiar acima do último degrau e voltou a se agachar. Era evidente que não tinha visto ninguém, pois se ergueu e seguiu em frente, segurando a escopeta à altura do peito com as mãos, como se fosse um violão comprado do Exército de Salvação. Ele parou no alto da escada e se virou, acenando que podíamos ir.

Detive o Dinamarquês quando ele fez menção de se mexer.

— Espere um pouco — sussurrei. Então passei a contar até dez.

Os tiros vieram antes que eu chegasse ao dois.

Acertaram Klein, jogando-o para trás, na beirada da escada.

Ele tombou e desceu escorregando até nós, tão morto que os músculos sequer tinham espasmos, a gravidade puxando-o degrau a degrau como uma carcaça recém-abatida.

— Caralho! — sussurrou o Dinamarquês, olhando para o cadáver quando ele parou aos nossos pés.

— Olá! — gritei em inglês. O cumprimento reverberou nas paredes como se estivesse sendo respondido. — Seu chefe está morto! O trabalho está encerrado! Volte para a Rússia! Ninguém vai pagar por mais nada aqui hoje!

Esperei. Sussurrei ao Dinamarquês que pegasse as chaves do carro de Pine. Ele as trouxe, e eu as joguei para o topo da escada.

— Não vamos sair até ouvirmos o carro ir embora! — gritei.

Esperei.

Então finalmente uma resposta em inglês macarrônico:

— Não sei se chefe é morto. Talvez prisioneiro. Me dê chefe, eu vou, você vive.

— Ele está muito morto! Desça aqui e veja!

Ele riu.

— Quero que meu chefe vem comigo.

Olhei para o Dinamarquês.

— O que fazemos agora? — sussurrou ele.

— Cortamos a cabeça dele — eu disse.

— O quê?

— Volte lá e corte a cabeça de Hoffmann. Pine tem uma faca serrilhada.

— É... qual Hoffmann?

Ele era retardado?

— Daniel. A cabeça dele é a nossa passagem para fora daqui, entendeu?

Eu podia ver que ele não havia entendido. Mas ao menos fez o que eu pedi.

Fiquei parado à porta, de olho na escada. Ouvia vozes baixas às minhas costas. Parecia que todos tinham se acalmado, então aproveitei a oportunidade para avaliar meus pensamentos. Como de costume em situações estressantes, eles eram uma mistura aleatória de coisas estranhas. Como o fato de o paletó do terno de Klein ter se retorcido na queda, e assim pude ver pela etiqueta no forro que era alugado, mas agora estava cheio de buracos de bala e eles dificilmente o aceitariam de volta. Que era muito prático o fato de os corpos de Hoffmann, Pine e Klein já estarem numa igreja e que houvesse caixões vazios para cada um deles. Que eu tinha reservado os assentos na parte da frente do avião, com um lugar na janela para Corina, para que ela visse Paris quando fôssemos pousar. Então alguns pensamentos mais úteis: o que o motorista do nosso furgão estaria fazendo agora? Ele ainda nos esperava na rua, um pouco mais adiante? Se ouviu os tiros, com certeza notou que os últimos vinham de uma automática, o que não fazia parte do nosso arsenal. É sempre uma má notícia quando os últimos tiros que você escuta são os do inimigo. As ordens que ele havia recebido eram claras, mas será que conseguiria ficar de cabeça fria? Será que mais alguém na vizinhança tinha ouvido os disparos? Como o coveiro se encaixava naquilo tudo? O trabalho havia demorado muito mais que o planejado. Quanto tempo tínhamos até que fosse *preciso* sair dali?

O Dinamarquês voltou à porta. Tinha o rosto pálido. Mas não tão pálido quanto a cabeça que pendia de sua mão. Confirmei que era o Hoffmann certo, então indiquei que devia atirá-la escada acima.

O Dinamarquês enrolou o cabelo de Hoffmann nas mãos, deu alguns passos rápidos, girou o braço como se lançasse uma bola de boliche e soltou. A cabeça subiu, o cabelo esvoaçante, mas ela bateu no teto, caiu nos degraus e desceu quicando com um ruído semelhante ao da casca de um ovo cozido sendo quebrado com uma colher.

— Só preciso acertar a mão — murmurou o Dinamarquês ao pegar a cabeça novamente. Ele moveu os pés, fechou os olhos para se concentrar e respirou fundo algumas vezes. Percebi que minha mente estava no limite, porque quase soltei uma gargalhada. Então ele abriu os olhos, deu dois passos à frente e girou o braço. Soltou. Uma cabeça humana de quatro quilos e meio descreveu um belo arco até o topo da escada e caiu no chão. Nós a ouvimos quicar e rolar pelo corredor.

O Dinamarquês me dirigiu um olhar de triunfo, mas conseguiu ficar calado.

Nós esperamos. E esperamos.

Então a partida do motor de um carro. Alguém acelerou. A marcha arranhou feio. Ré. O motorista acelerou mais ainda. Demais para a primeira marcha. O carro saiu cantando pneu, guiado por uma pessoa que não estava acostumada a dirigir.

Olhei para o Dinamarquês. Ele inflou as bochechas e soltou o ar, sacudindo a mão direita como tivesse segurado algo quente.

Escutei. Escutei atentamente. Era como se eu conseguisse senti-las antes de ouvi-las. Sirenes. O som percorreu um longo caminho pelo ar frio. Ainda podia demorar um pouco até que a polícia chegasse.

Olhei para trás. Vi a menina no colo da avó. Era impossível dizer se ainda estava respirando, mas pela cor do rosto tinha perdido muito sangue. Passei os olhos pela sala antes de ir. A família, morte, sangue. Aquilo me lembrava uma fotografia. Três hienas e uma zebra com a barriga aberta a dentadas.

Capítulo 19

Não é verdade que eu não me lembro do que dizia a ela no trem. Não sei se disse que não lembro, mas certamente pensei em dizer. Eu lembro. Eu dizia que a amava. Apenas para ver qual era a sensação de falar isso para alguém. Como atirar em alvos com contornos humanos; é claro que não é a mesma coisa, mas ainda assim é diferente de atirar em alvos redondos. Obviamente eu não sentia aquilo, assim como não sentia que matava pessoas durante um treinamento. Era familiarização. Um dia eu iria conhecer uma mulher que eu amasse e que me amasse também, então seria bom que as palavras não ficassem presas na garganta. Ok, eu ainda não tinha propriamente *dito* a Corina que a amava. Não em voz alta, daquele jeito, com sinceridade, sem possibilidade de voltar atrás, apenas seguindo em frente, deixando o eco preencher o vazio e inflando o silêncio a ponto de as paredes recuarem. Eu dizia isso a Maria apenas no ponto exato em que os trilhos se encontravam. Ou se dividiam. Mas o pensamento de que logo diria aquilo a

Corina fez meu coração parecer que ia explodir. Diria aquela noite? No avião para Paris? No hotel em Paris? Durante o jantar, talvez? Sim, seria perfeito!

Era nisso que eu pensava quando eu e o Dinamarquês saímos da igreja e aspirei o frio e rascante ar do inverno, que ainda tem gosto de sal mesmo quando os fiordes já congelaram. Agora podia-se ouvir claramente as sirenes da polícia, mas elas iam e vinham como um rádio mal sintonizado, ainda tão distantes que era impossível dizer de que direção vinham.

Vi os faróis do furgão preto mais adiante.

Eu caminhava pela calçada congelada com passos rápidos e curtos, os joelhos levemente dobrados. É algo que se aprende quando criança na Noruega. Talvez não tão cedo na Dinamarca — eles não têm tanta neve e tanto gelo —, e percebi que o Dinamarquês estava ficando para trás. Mas talvez isso não seja verdade. Talvez o Dinamarquês tenha caminhado mais pelo gelo do que eu. Sabemos muito pouco um do outro. Vemos um simpático rosto redondo, um sorriso aberto, e ouvimos palavras cordiais em dinamarquês que nem sempre entendemos, mas que são suaves ao ouvido, acalmam os nervos, contam uma história sobre linguiças dinamarquesas, cerveja dinamarquesa, sol dinamarquês e a vida tranquila e sonolenta nas planícies agrícolas lá do sul. E é tudo tão agradável que nos faz baixar a guarda. Mas como *eu* poderia saber? Talvez o Dinamarquês tenha apagado mais gente do que eu. E por que esse pensamento só me ocorreu naquele instante? Talvez porque mais uma vez senti que o tempo estava suspenso, outro segundo em meio a todos os outros, outra mola tensionada.

Eu estava prestes a me virar, mas não consegui.

Não posso culpá-lo. Afinal, como eu disse, costumo fazer o possível e o impossível para estar em posição de atirar num homem armado pelas costas.

O tiro ecoou pelo cemitério da igreja.

Senti a pressão da primeira bala nas costas, e a seguinte como dentes se cravando com força na minha perna. Ele havia mirado baixo, exatamente como fiz com Benjamin. Caí para a frente. Bati o queixo no gelo. Virei de costas e olhei para o cano de sua pistola.

— Desculpe, Olav — disse o Dinamarquês, e eu achei que ele estava sendo sincero. — Não é nada pessoal. — Ele tinha mirado baixo para poder me dizer aquilo.

— Jogada inteligente do Pescador — sussurrei. — Ele sabia que eu ficaria de olho em Klein, então deu o trabalho a você.

— É basicamente isso, Olav.

— Mas por que me matar?

O Dinamarquês deu de ombros. O lamento das sirenes se aproximava.

— Acho que o de sempre — eu disse. — O chefe não quer ninguém que tenha um trunfo contra ele andando por aí. Vale a pena ter isso em mente. Você precisa saber quando se aposentar.

— Não foi por isso, Olav.

— Eu sei. O Pescador é o chefe, e chefes têm medo de gente disposta a apagar o próprio chefe. Eles acham que são os próximos na fila.

— Não foi por isso, Olav.

— Puta merda, você não vê que eu estou sangrando até a morte aqui? Que tal deixarmos de lado esse joguinho de adivinhação?

O Dinamarquês pigarreou.

— O Pescador disse que você precisa ser um homem de negócios bastante frio para não guardar rancor da pessoa que matou três dos seus.

Ele apontou a arma para mim, com o dedo tensionando o gatilho.

— Tem certeza de que você não tem uma bala emperrada no pente? — sussurrei.

Ele fez que sim.

— Um último desejo de Natal. No rosto não. Por favor, me conceda isso.

Vi o Dinamarquês hesitar. Então ele assentiu novamente. Abaixou um pouco a pistola. Fechei os olhos. Ouvi os tiros. Senti o impacto dos projéteis. Duas balas de chumbo. Apontadas para o local onde fica o coração das pessoas normais.

Capítulo 20

— Minha esposa fez — disse ele. — Para a peça.

Argolas de metal, todas entrelaçadas. Quantas haveria ali? Como eu disse, achei que tinha ganhado algo em troca quando ajudei a viúva. Uma cota de malha. Não é de surpreender que Pine tenha achado que eu suava. Eu estava vestido como uma porra de um cavaleiro medieval debaixo do terno e da camisa.

A manta de metal havia resistido bem aos tiros nas costas e no peito. Minha coxa não teve tanta sorte.

Senti o sangue sendo bombeado para fora do corpo ao ficar ali deitado, imóvel, observando as lanternas do furgão preto reluzirem na noite e desaparecerem. Então tentei me levantar. Quase desmaiei, mas consegui ficar de pé e cambaleei até o Volvo estacionado em frente à porta da igreja. O coro de sirenes ficava mais próximo a cada segundo que passava. Havia ao menos uma ambulância no coral. O coveiro deve ter deduzido o que estava acontecendo quando ligou para eles. Talvez fossem capazes de salvar a menina. Talvez não. Talvez eu fosse capaz de salvar a mim mesmo, pensei ao abrir a porta do Volvo. Talvez não.

O cunhado tinha dito a verdade à esposa: ele deixara a chave na ignição.

Eu me esgueirei para trás do volante e girei a chave. O motor de arranque gemeu antes de desistir. Porra, porra. Desvirei a chave e tentei outra vez. Mais lamentos. Liga, porra! Se havia qualquer sentido em produzir carros nessa merda de país cheio de neve, certamente era porque ligavam mesmo que estivesse alguns graus abaixo de zero. Dei um soco no volante com uma das mãos. Vi as luzes azuis brilharem como a aurora boreal no céu do inverno.

Isso! Pisei fundo no acelerador. Soltei a embreagem, e as rodas deslizaram no gelo até que os pneus com correntes conseguiram tração suficiente e seguiram rumo ao portão do cemitério.

Desci por algumas centenas de metros entre os casarões antes de fazer a manobra e retornar para a igreja com a velocidade de uma tartaruga. Mal tinha colocado o pé no acelerador novamente quando vi luzes azuis no retrovisor. Obedientemente, liguei a seta e embiquei o carro na entrada da garagem de uma das casas.

Duas viaturas e uma ambulância passaram. Eu ouvi ao menos mais uma viatura a caminho e esperei. Percebi que já tinha estado ali. Que diabo. Foi bem em frente a essa casa que apaguei Benjamin Hoffmann.

Havia decoração de Natal e tubos plásticos que deveriam parecer velas na janela da sala. Um fiapo de vida familiar aconchegante refulgia no boneco de neve no jardim. Então o menino havia conseguido. Talvez tenha tido ajuda do pai, talvez tenha usado um pouco de água. O boneco de neve foi muito bem-feito. Decorado com chapéu, um inexpressivo sorriso de pedra e braços de graveto que pareciam querer abraçar esse mundo podre e todas as merdas que acontecem nele.

O carro de polícia passou. Dei ré, voltei para a rua e fui embora.

Por sorte, não havia mais viaturas. Faltavam dois dias para o Natal, não havia ninguém para ver o Volvo tentando desesperadamente circular com naturalidade, mas ainda assim sendo dirigido de forma diferente de todos os outros carros nas ruas de Oslo sem qualquer motivo aparente.

Estacionei bem em frente à cabine telefônica e desliguei o motor. A perna da minha calça e o estofado do banco estavam ensopados de sangue, e eu sentia como se tivesse algum tipo de coração maligno na coxa, bombeando sangue negro, animal, sacrificial, satânico.

Corina arregalou seus olhos azuis aterrorizados quando abri a porta do apartamento, lutando para me manter de pé.

— Olav! Meu Deus, o que aconteceu?

— Está feito. — Bati a porta às minhas costas.

— Ele... ele está morto?

— Sim.

A sala lentamente começou a girar. Quanto sangue eu teria perdido? Dois litros? Não, li que temos cinco ou seis litros de sangue, e desmaiamos se perdemos muito mais que vinte por cento. Isso seria algo como... porra. Menos de dois, de qualquer forma.

Vi a mala dela no chão da sala. Estava pronta para Paris, com as mesmas coisas que trouxera do apartamento do marido. Ex-marido. Eu provavelmente havia colocado coisas demais na mala. Nunca tinha ido além da Suécia. Com a minha mãe, naquele verão, quando tinha 14 anos. No carro do vizinho. Em Gotemburgo, pouco antes de entrarmos no parque Liseberg, ele me perguntou se estaria tudo bem se ele flertasse com a minha mãe. Mamãe e eu pegamos o trem para casa no dia seguinte. Ela deu um tapinha no meu rosto e disse que eu era o seu cavaleiro, o único que restava em todo o mundo. Pensei ter percebido uma nota de falsidade na voz dela, mas creditei isso ao fato de que eu estava confuso com esse universo adulto doente. Como eu disse, sou completamente surdo quando se trata de semitons e entrelinhas; nunca fui capaz de discernir tons verdadeiros e falsos.

— O que é isso na sua calça, Olav, é... sangue? Meu Deus, você está ferido! O que aconteceu? — Ela estava tão aturdida e angustiada que eu quase ri. Me lançou um olhar de dúvida, quase exasperado. — O que foi? Você acha engraçado estar aqui sangrando como um porco no matadouro? Onde você foi atingido?

— Só na coxa.

— Só? Se a artéria tiver sido atingida você vai sangrar até morrer, Olav! Tire essa calça e sente na cadeira da cozinha. — Ela tirou o casaco que vestia quando entrei e foi até o banheiro.

Voltou com ataduras, esparadrapo, iodo e tudo que tinha direito.

— Vou precisar dar alguns pontos — disse.

— Ok — respondi, encostando a cabeça na parede e fechando os olhos.

Ela botou a mão na massa, tentando limpar o ferimento e estancar o sangue. Tecia comentários enquanto trabalhava, explicando que poderia fazer apenas um curativo provisório. A bala ainda ficaria ali dentro em algum lugar, mas era impossível fazer algo a respeito naquele momento.

— Onde você aprendeu tudo isso? — perguntei.

— Shh, fique quieto ou os pontos vão abrir.

— Você até parece uma enfermeira.

— Você não é o primeiro homem a levar um tiro.

— Ah — eu disse com naturalidade. Como uma afirmação, não uma pergunta. Não havia pressa, teríamos tempo de sobra para histórias como aquela. Abri os olhos e admirei o coque na parte de trás de sua cabeça quando ela se ajoelhou na minha frente. Inspirei seu cheiro. Havia algo de diferente, algo misturado ao cheiro bom de Corina perto de mim, Corina nua e ardente, seu suor em meus braços. Algo tênue, um traço de alguma coisa, amônia, talvez, algo que quase não estava ali, mas estava. É claro. Não era ela, era eu. Eu sentia o cheiro do meu próprio ferimento. Eu já estava infectado, já começava a apodrecer.

— Pronto — disse ela, cortando com o dente a ponta da linha.

Olhei para ela. Uma parte da blusa havia escorregado, deixando um hematoma no pescoço à mostra. Não o havia notado antes, mas devia ter sido deixado por Benjamin Hoffmann. Tive vontade de dizer algo, de assegurar que aquilo não voltaria a acontecer, que ninguém jamais encostaria um dedo nela. Mas era o momento errado. Não se garante a uma mulher que ela está em segurança quando é ela quem está dando pontos para que você não sangre até morrer.

Ela limpou o sangue com uma toalha úmida e enrolou uma atadura na minha coxa.

— Acho que você está com febre, Olav. Você precisa ir para a cama.

Ela tirou meu paletó e minha camisa. Olhou para a cota de malha.

— O que é isso?

— Ferro.

Ela me ajudou a tirá-la, então passou os dedos nos hematomas deixados pelas balas do Dinamarquês. Amorosa. Fascinada.

Beijou-os. Quando deitei na cama e senti os primeiros tremores, e ela me cobriu com o edredom, tive a mesma sensação de antes, de quando deitei na cama da minha mãe. Quase não doía mais. Senti que podia escapar de tudo, mas que isso não dependia de mim: eu era um barco num rio e o rio estava no comando. Minha sorte, meu destino já estava determinado. Restava apenas a jornada, o tempo que ela demoraria e tudo o que seria visto e vivenciado ao longo do caminho. A vida parece ser simples quando você está doente.

Esgueirei-me para um mundo de sonhos.

Ela me carregava nos ombros, corria chapinhando a água com os pés. Estava escuro e havia cheiro de esgoto, feridas infeccionadas, amônia e perfume. Das ruas acima vinha o som de tiros e gritos, e feixes de luz entravam pelos buracos dos bueiros. Mas ela era irrefreável, valente e forte. Forte o bastante para nós dois. E conhecia a saída, porque já havia estado ali. Era assim a história. Ela parou numa bifurcação nas galerias do esgoto, colocou-me no chão, disse que precisava explorar a área mas voltaria logo. E eu fiquei ali deitado de costas, escutando os ratos rastejando a meu redor, enquanto admirava o luar através de um bueiro. Gotas d'água pendiam da grade acima, cintilantes. Gotas gordas, vermelhas, brilhantes. Elas se desprendiam, despencavam na minha direção. Acertavam meu peito. Atravessavam a cota de malha, até onde ficava meu coração. Quente, frio. Quente, frio. O cheiro...

Abri os olhos.

Disse o nome dela. Nenhuma resposta.

— Corina?

Sentei na cama. Minha coxa latejava e doía. Com dificuldade, coloquei a perna para baixo e acendi a luz. Tive um sobressalto.

A coxa tinha inchado tanto que era quase repulsiva. Parecia que o sangramento havia continuado, mas todo o sangue se acumulara debaixo da pele e da atadura.

À luz do luar, vi a mala no chão, no meio da sala. Mas o casaco dela havia sumido da cadeira. Fiquei de pé e manquei até a cozinha. Abri a gaveta e ergui o porta-talheres.

As folhas de papel ainda estavam no envelope, intocadas.

Levei-o até a janela. O termômetro do outro lado do vidro mostrava que a temperatura ainda estava caindo.

Olhei para baixo.

Lá estava ela. Apenas saíra um pouco.

Estava encolhida dentro da cabine telefônica, voltada para a rua, o fone pressionado no ouvido.

Acenei, mesmo sabendo que não podia me ver.

Meu Deus, minha coxa doía!

Ela desligou. Recuei um passo para ficar nas sombras. Ela saiu da cabine e a vi olhar para cima, na minha direção. Fiquei completamente imóvel, e ela fez o mesmo. Alguns flocos de neve pairavam no ar. Então ela começou a andar. Apoiava os pés no chão com os calcanhares firmes, um pé junto do outro. Como uma equilibrista na corda-bamba. Ela atravessou a rua na minha direção. Vi as pegadas na neve. Pegadas de gato. As patas traseiras nas mesmas marcas deixadas pelas patas dianteiras. Cada uma gerava uma pequena sombra sob a luz dos postes. Não mais que isso. Apenas isso...

Quando Corina entrou no apartamento na ponta dos pés, eu estava na cama de olhos fechados.

Ela tirou o casaco. Esperei que tirasse o resto e deitasse na cama comigo. Me abraçasse por algum tempo. Nada mais.

Qualquer coisa teria valido a pena. Porque agora eu sabia que ela não me carregaria pelos esgotos. Não me salvaria. E nós não iríamos para Paris.

Em vez de deitar na cama, ela sentou na cadeira no escuro. Observava. Esperava.

— Ele vai demorar a chegar? — perguntei.

Vi que ela teve um sobressalto na cadeira.

— Você está acordado.

Repeti a pergunta.

— Quem, Olav?

— O Pescador.

— Você está com febre, Olav. Tente dormir um pouco.

— Foi para ele que você ligou da cabine telefônica ainda há pouco.

— Olav...

— Só quero saber quanto tempo eu tenho.

Ela estava sentada de cabeça baixa, o rosto na penumbra. Quando voltou a falar, sua voz estava diferente. Mais dura. Mas mesmo para os meus ouvidos soou mais genuína.

— Vinte minutos, talvez.

— Ok.

— Como você sabia...?

— Amônia. Arraia.

— O quê?

— Cheiro de amônia, ele fica na pele depois que você entra em contato com arraia, especialmente antes de o peixe ser preparado. Li em algum lugar que é porque as arraias armazenam ácido úrico na carne, assim como os tubarões. Mas não sei muito sobre isso.

Corina olhou para mim com um sorriso distante.

— Entendi.

Outra pausa.

— Olav?

— Sim.

— Não foi nada...

— Pessoal?

— Exatamente.

Senti os pontos se abrirem e o fedor de inflamação e pus. Levei a mão à coxa. A atadura estava ensopada, mas firme no lugar — ainda demoraria até que mais fluidos saíssem.

— Foi o quê, então? — perguntei.

Ela suspirou.

— Faz diferença?

— Gosto de histórias. Tenho vinte minutos.

— Isso não tem a ver com você. Tem a ver comigo.

— E qual é a sua história, então?

— Sim. Qual é a minha história?

— Daniel Hoffmann estava morrendo. Você sabia, não sabia? E que Benjamin Hoffmann assumiria o lugar dele?

Ela deu de ombros.

— Você acertou na mosca.

— Você engana as pessoas sem peso na consciência para ter dinheiro e poder?

Corina se levantou bruscamente e foi até a janela. Olhou para a rua. Acendeu um cigarro.

— Fora a parte do peso na consciência, você está mais ou menos certo — confirmou ela.

Eu escutava. Estava silencioso. Percebi que passava da meia--noite, que era véspera de Natal.

— Você simplesmente ligou para ele?

— Fui até a peixaria.

— E ele concordou em recebê-la?

Contra a janela, vi os contornos dos lábios dela quando soprou a fumaça.

— Ele é um homem. Igual a todos os outros.

Pensei nas sombras atrás do vidro coberto de gelo. No hematoma no pescoço dela. Era recente. Quão cego você pode ser? As surras. A submissão. A humilhação. Era o que ela queria.

— O Pescador é um homem casado. Então o que ele ofereceu a você?

Ela deu de ombros.

— Nada. Por enquanto. Mas vai oferecer.

Ela estava certa. A beleza se sobrepõe a tudo.

— Quando voltei para casa, você não ficou chocada por eu estar ferido, mas sim por eu estar vivo.

— Foram as duas coisas. Não pense que eu não gosto de você, Olav. Foi um bom amante. — Ela soltou um riso curto. — A princípio não achei que tivesse aquilo dentro de você.

— Tivesse o que dentro de mim?

Ela apenas sorriu. Deu uma tragada forte. A brasa brilhou vermelha na penumbra junto à janela. Se alguém na rua olhasse para cima naquele momento, poderia pensar que havia ali o aconchego do lar, famílias felizes, espírito de Natal. E também que as pessoas tinham tudo o que eu desejava ter. Que levavam o tipo de vida que *deviam* levar. Não sei. Só sei que eu pensaria assim naquele instante.

— Tivesse o quê? — repeti.

— A coisa dominadora. Meu senhor.

— Meu senhor?

— Sim. — Ela riu. — Teve um momento que achei que precisaria parar você.

— Do que você está falando?

— Disso. — Corina afastou a blusa do ombro e apontou para o hematoma.

— Eu não fiz isso.

Ela parou com o cigarro a meio caminho da boca e olhou para mim desconfiada.

— Não? Você acha que eu fiz isso?

— Não fui eu, estou dizendo.

Ela riu baixinho.

— Vamos, Olav, não é nada do que se envergonhar.

— Não bato em mulher.

— Não, devo admitir, foi difícil convencer você a fazer isso. Mas gostou de me estrangular. Depois que entrou no clima, você gostou *de verdade*.

— Não! — Pressionei as mãos contra os ouvidos. Via os lábios dela se movendo, mas não ouvia nada. Não valia a pena ouvir. Porque a história não era assim. Nunca foi daquele jeito.

Mas a boca de Corina continuava se movendo. Como uma anêmona-do-mar, cuja boca, segundo descobri certa vez, também exerce a função de ânus e vice-versa. Por que ela estava falando, o que queria? O que todos eles queriam? Eu era surdo-mudo agora, não era mais dotado das ferramentas necessárias para interpretar as ondas sonoras que elas, pessoas normais, produziam incessantemente; ondas que se quebravam sobre um recife de corais e desapareciam. Eu olhava para um mundo que não fazia sentido; não havia coerência, apenas pessoas vivendo a vida concedida a elas, saciando instintivamente cada desejo doentio, sufocando nossas inquietações quanto à solidão e os espasmos da morte que começam no instante em que constatamos que somos mortais. Eu sabia o que ela queria dizer. Isso. É. Tudo?

Peguei minha calça na cadeira ao lado da cama e a vesti. O tecido de uma das pernas estava duro de sangue e pus. Levantei da cama com esforço e atravessei o cômodo mancando.

Corina não saiu do lugar.

Abaixei para pegar os sapatos e senti uma onda de náusea, mas consegui calçá-los. O casaco. O passaporte e as passagens para Paris estavam no bolso interno.

— Você não vai longe — disse ela.

As chaves do Volvo estavam no bolso da calça.

— A ferida abriu, olhe só para você.

Abri a porta e segui para a escada. Segurei o corrimão e desci, sustentando o peso do corpo com os antebraços enquanto pensava na atrevida aranha macho que percebeu um pouco tarde demais que o tempo da visita havia acabado.

Quando cheguei ao térreo meu sapato já estava ensopado de sangue.

Segui para o carro. Sirenes da polícia. Estavam ali o tempo todo. Como lobos uivando a distância, nas colinas cobertas de neve que circundam Oslo. Alto, baixo, farejando o cheiro de sangue.

Dessa vez o motor pegou de primeira.

Eu sabia para onde estava indo, mas era como se as ruas tivessem perdido a forma e a direção, como se tivessem se tornado tentáculos ondulantes de uma água-viva. Eu precisava girar o volante o tempo todo para seguir em frente. Era difícil se localizar nessa cidade de borracha, onde nada queria permanecer no mesmo lugar. Vi um sinal vermelho e freei. Tentei me situar. Devo ter apagado, porque me sobressaltei quando a luz ficou verde e um carro buzinou atrás de mim. Pisei no acelerador. Onde era aquilo, eu ainda estava em Oslo?

Minha mãe nunca falou nada sobre o assassinato do meu pai. Era como se não tivesse acontecido. Tudo bem por mim. Um dia, quatro ou cinco anos depois, quando estávamos sentados à mesa da cozinha, ela subitamente perguntou:

— Quando você acha que seu pai vai voltar?

— Quem?

— Seu pai. — O olhar dela me atravessava, ia além de mim. Seus olhos estavam turvos. — Ele não aparece há um bom tempo. Onde será que está dessa vez?

— Ele não vai voltar, mãe.

— Claro que vai, ele sempre volta. — Ela levantou o copo outra vez. — Ele gosta muito de mim, sabe? E de você.

— Mãe, você me ajudou a carregá-lo...

Ela bateu o copo na mesa, derramando um pouco do gim.

— Ah — disse sem qualquer traço de emoção, fixando os olhos em mim. — Quem quer que tenha tirado ele de mim deve ser uma pessoa terrível, você não acha?

Ela enxugou o líquido reluzente da toalha de mesa com uma mão, então continuou a esfregar, como se tentasse apagar alguma coisa. Eu não sabia o que dizer. Ela havia criado uma história só dela. E eu a minha. Eu não dirigiria novamente até aquele lago em Nittedal apenas para ver qual versão era a mais verdadeira. Então não disse nada.

Mas a constatação de que ela podia amar um homem que a tratava daquela forma me ensinou apenas uma coisa sobre o amor.

Na verdade, não.

Não ensinou.

Não me ensinou *nada* sobre o amor.

Não voltamos a falar sobre o meu pai depois disso.

Girei o volante para me manter na pista. No entanto, era como se ela tentasse me jogar para fora o tempo todo, mudando de direção para que eu e o carro acertássemos um muro ou outro veículo vindo no sentido oposto. Desaparecendo atrás de mim com buzinas que diminuíam de intensidade, como o som que sai dos tubos de um órgão exausto.

Entrei à direita. Deparei-me com ruas mais tranquilas. Menos luzes. Menos trânsito. A escuridão caía. E então ficou completamente escuro.

Devo ter desmaiado e saído da estrada. Não estava andando rápido. Havia batido a cabeça no para-brisa, mas não houve estragos nem no vidro, nem em mim. E o poste que o radiador tinha abraçado não estava nem torto. Mas o motor estava desligado. Girei a chave na ignição algumas vezes, mas ele apenas reclamou com entusiasmo cada vez menor. Abri a porta do carro e me arrastei para fora. Apoiei-me nos joelhos e nos cotovelos, como um muçulmano rezando, a neve fresca ferroando as palmas das mãos. Tentei juntar um pouco da neve poeirenta. Mas neve seca é exatamente assim. É branca e linda, mas difícil de usar em qualquer coisa duradoura. É cheia de promessas, mas no fim, tudo que você tenta fazer com ela desmorona, escorre pelos dedos. Olhei ao redor, tentando ver onde estava.

Apoiei-me no carro, fiquei de pé e cambaleei até a janela. Pressionei o rosto no vidro, delicioso e frio contra a minha testa ardente. As prateleiras e os balcões ali dentro estavam banhados numa meia-luz bruxuleante. Eu tinha chegado tarde demais, a loja estava fechada. É claro que sim, era o meio da noite. Havia até mesmo um cartaz na porta dizendo que fechariam mais cedo que de costume: "Fecharemos às 17h no dia 23 de dezembro para inventário."

Inventário. É claro. Faltavam dois dias para o Natal, afinal de contas. O fim de um ano. Talvez fosse o momento certo para aquilo.

No canto, depois de um curto trem feito de carrinhos de supermercado, havia uma árvore de Natal, ordinária e pequena. Mas ainda justificava o título — era uma árvore de Natal, acima de qualquer coisa.

Eu não sabia por que tinha ido até ali. Podia ter ido ao hotel e pedido um quarto. Em frente à casa do homem que eu tinha acabado de matar. Em frente à casa da mulher que acabava de me matar. Ninguém pensaria em me procurar ali. Eu tinha dinheiro suficiente para duas noites. Podia ligar para o Pescador pela manhã e pedir que depositasse o restante dos honorários na minha conta.

Ouvi minha própria risada.

Senti uma lágrima quente escorrer pelo meu rosto; eu a vi cair e afundar na neve fresca.

Então outra.

Simplesmente desapareceu.

Dei uma olhada no meu joelho. Sangue brotava do tecido da calça, pingava e se acumulava na neve, formando uma fina camada, como uma clara de ovo. Eu sabia que desapareceria. Estava fadado a derreter e sumir como as minhas lágrimas. Mas continuava ali, vermelho e fremente. Senti meu cabelo suado colar no vidro da janela. Provavelmente é tarde demais para mencioná-lo agora, mas caso eu não tenha dito, tenho cabelos louros compridos e um pouco escorridos e barba, altura mediana e olhos azuis. Esse sou eu, basicamente. Existe uma vantagem em se ter bastante cabelo e barba: se houver muitas testemunhas num trabalho, você tem a possibilidade de mudar rapidamente a aparência. E era essa possibilidade de mudar rapidamente que eu agora sentia congelar na janela, fincar raízes, como aquele recife de corais de que falei. Enfim. Eu queria me fundir àquela janela, tornar-me vidro, exatamente como as anêmonas de *Reino animal 5: o mar* de fato se *tornam* o recife em que vivem. E pela manhã eu seria capaz de observar Maria, observá-la o dia todo sem que me visse. Sussurrar o que quisesse para ela. Chamá-la, cantar. Meu único desejo naquele momento era desaparecer — talvez essa tenha sido a única coisa que eu *sempre* quis. Desaparecer como minha mãe, bebendo até se tornar invisível. Tomando aquilo até que a apagasse. Onde ela estava agora? Não lembro mais. Não sou capaz de lembrar há um bom tempo. Era estranho. Eu podia dizer onde o meu pai estava, mas onde estava a minha mãe, a mulher que me deu a vida e me manteve vivo? Estaria mesmo morta e enterrada na Igreja Ris? Ou ainda estaria por aí em algum lugar? Obviamente eu sabia, era apenas uma questão de lembrar das coisas.

Fechei os olhos e apoiei a cabeça na janela do supermercado. Relaxei completamente. Tão cansado. Eu logo lembraria. Logo...

Veio a escuridão. A grande escuridão. Espalhando-se como uma enorme capa preta, vindo em minha direção para me envolver com seu abraço.

Estava tão silencioso que consegui ouvir um leve clique, um som que pareceu vir da porta ali ao meu lado. Então ouvi passos, passos arrastados familiares, aproximando-se. Não abri os olhos. Os passos pararam.

— Olav.

Não respondi.

Ela se aproximou mais. Senti uma mão no meu braço.

— O... que... está... fazendo... aqui?

Abri os olhos. Olhei para o vidro, para o reflexo dela de pé atrás de mim.

Abri a boca, mas não consegui falar.

— Você... está... sangrando.

Fiz que sim. Como ela podia estar ali agora, no meio da noite? É claro.

Inventário.

— Seu... carro.

Articulei a boca para dizer "sim", mas não saiu som algum.

Ela assentiu, como para dizer que entendia, então ergueu meu braço e o colocou sobre o ombro.

— Vem.

Manquei até o carro apoiado nela, em Maria. O estranho era que não notei o coxear dela, como se tivesse sumido. Ela me acomodou no banco do passageiro, então deu a volta até a porta do motorista, que ainda estava aberta. Curvou-se e rasgou a perna da minha calça, que rompeu sem qualquer som. Tirou uma garrafa de água mineral da bolsa, abriu a tampa e derramou água na minha coxa.

— Bala?

Fiz que sim e olhei para baixo. Não doía mais, mas o buraco parecia a boca escancarada de um peixe. Maria tirou seu cachecol e me disse para erguer a perna. Então a envolveu com firmeza.

— Bote... os... dedos... aqui... e... aperte... a... eeer... ferida... com... força.

Ela girou a chave, ainda na ignição. O carro ligou com um ronco baixo, agradável. Ela engatou a ré e afastou o carro do poste. Entrou na pista e seguiu em frente.

— Meu... tio... é... hã... cirurgião... Marcel... Myriel.

Myriel. O mesmo sobrenome do drogado. Como ela podia ter um tio com o mesmo...

— Não... no... hospital. — Ela olhou de esguelha para mim. — Em... casa.

Apoiei a cabeça no encosto do banco. Ela não falava como uma surda-muda. Era estranho e fragmentado, mas não era como alguém que não podia falar, era mais como...

— Francesa — disse. — Desculpe... mas... não... hã... gosto... de... falar... norueguês. — Ela riu. — Prefiro... eeer... escrever. Sempre... preferi. Quando... criança... só... lia. Você... gosta... de... ler... Olav.

Uma viatura da polícia passou por nós com a luz azul girando lentamente no teto. Eu a vi desaparecer no retrovisor. Se procuravam pelo Volvo, não pareciam estar prestando muita atenção. Talvez estivessem atrás de outra coisa.

Irmão. O drogado era irmão dela, não namorado. Irmão mais novo, presumi, por isso ela estava disposta a sacrificar tudo por ele. Mas por que o cirurgião, o tio deles, não os ajudou, por que ela teve de...? Bem, já basta disso. Eu podia descobrir o restante e como tudo se encaixava depois. Ela havia ligado o aquecedor, e o ar morno me deixava tão sonolento que eu precisava me concentrar muito para não apagar.

— Acho... que... você... lê... Olav. Porque... você... é... como... hã... poeta. É... tão... bonito... o... que... você... diz... no... eeeer... metrô.

No metrô?

Meus olhos se fecharam quando finalmente entendi. Ela conseguia ouvir tudo que eu dizia.

Todas aquelas tardes no trem, enquanto eu pensava que ela era surda, Maria simplesmente me deixava falar. Dia após dia, fingindo que não conseguia me escutar ou me ver. Como se fosse um jogo. Por isso pegou na minha mão no supermercado: ela sabia que eu a amava. Que a caixa de chocolate era um sinal de que eu finalmente estava pronto para sair da fantasia e tornar aquilo real. Seria assim que tudo se encaixava? Será que fui realmente cego a ponto de acreditar que ela era surda-muda? Ou sabia disso o tempo todo e apenas neguei esse fato?

Seria possível que tudo tivesse me levado a Maria Myriel, o tempo todo?

— Tenho... certeza... que... meu... tio... pode... ir... hoje... à... noite. E... se... não... se... eeer... importar... Olav... teremos... comida... hã... natalina... francesa... amanhã. Ganso. Depois... da... humm... missa... do... galo.

Levei a mão ao bolso do casaco e achei o envelope. Estendi-o, ainda com os olhos fechados. Senti Maria pegar o envelope, ir para o acostamento, parar. Eu estava tão cansado, tão cansado.

Ela começou a ler.

Ler as palavras que soprei naquelas páginas, as palavras que eu havia amassado e reescrito para colocar as letras certas no lugar certo.

E elas não soavam mortas, de jeito nenhum. Pelo contrário, eram vivas. E verdadeiras. Tão verdadeiras que "amo você" parecia ser a única coisa a ser dita. Tão vivas que todos que as ouvissem seriam capazes de vê-lo, o homem que escrevia sobre a garota que ia visitar todos os dias, a garota do supermercado, a garota que ele amava, mas desejava não amar, porque não queria amar alguém exatamente como ele, imperfeito, com falhas e fraquezas, outro patético e abnegado escravo do amor, que lia os lábios das pessoas mas nunca falava com voz própria, que se submetia e nisso encontrava sua recompensa. Mas, ao mesmo tempo, ele não conseguia não amá-la. Ela era tudo que ele desejava não querer. Era sua própria humilhação. E o melhor, mais humano, mais belo objeto que conhecia.

Não sei grande coisa, Maria. Apenas duas, na verdade. Uma é que não sei como poderia fazer alguém como você feliz, porque sou o tipo de pessoa que destrói as coisas, não alguém que crie vida e sentido. A segunda é que sei que amo você, Maria. E por isso não apareci para o jantar aquele dia.
Olav.

Ouvi seu soluço quando ela leu a última frase.

Permanecemos ali em silêncio. Até mesmo as sirenes da polícia tinham se calado. Ela fungou. Então falou.

— Você... me... deixou... feliz... agora... Olav. Isso... basta. Você... não... entende.

Assenti e respirei fundo. Posso morrer agora, mãe, pensei. Não preciso mais inventar histórias. Não posso tornar essa história melhor.

Capítulo 21

Fez um frio extremo e nevou a noite toda, e quando as primeiras pessoas a se levantarem na escuridão matutina olharam para Oslo, viram uma cidade coberta com uma manta branca e macia. Carros avançavam lentamente, e as pessoas sorriam ao desviarem de poças de gelo nas calçadas, pois ninguém estava com pressa — era véspera de Natal, tempo de paz e reflexão.

No rádio, não paravam de falar do frio recorde e do que ainda estava por vir, e na peixaria da Youngstorget os funcionários embrulhavam os últimos quilos de bacalhau e cantarolavam "Feliz Natal" com aquele estranho tom de voz norueguês que faz tudo soar tão feliz e benigno, independente do que está sendo dito.

Do lado de fora da igreja em Vinderen, a fita do cordão de isolamento ainda esvoaçava, enquanto no interior o padre discutia com a polícia como celebrar a missa de Natal quando todos começassem a chegar naquela tarde.

No Rikshospitalet, no centro de Oslo, o cirurgião deixou a menina na sala de cirurgia e seguiu direto para o corredor, tirou as luvas e foi até as duas mulheres ali sentadas. Viu que o medo e o desespero não haviam abandonado seus rostos rígidos, e se deu conta de que esquecera de tirar a máscara para que vissem o sorriso que trazia no rosto.

Depois de sair da estação de metrô, Maria Myriel subia a ladeira rumo ao supermercado. Seria um dia de trabalho curto, fechariam às duas da tarde. Era véspera de Natal. Véspera de Natal!

Ela cantarolava uma música na cabeça. Uma música que falava sobre vê-lo outra vez. Ela *sabia* que o veria outra vez. Soube desde o dia em que ele a levou embora da... De tudo em que não queria mais pensar. Seus bondosos olhos azuis e seu cabelo louro comprido. Seus lábios retos, finos, atrás da barba cerrada. E suas mãos. Era no que mais pensava. Mais do que outras pessoas. Eram mãos de homem, mas bonitas. Grandes e um pouco quadradas, do jeito como escultores imaginam as mãos de trabalhadores valentes. Mas ela conseguia imaginá-las acariciando-a, abraçando-a, consolando-a, confortando-a. Suas mãos fariam o mesmo com ele. Com alguma frequência, ela temia a força do amor. Era como um rio represado, e ela sabia que a diferença entre banhar uma pessoa com seu amor e afogá-la era muito pequena. Mas não se preocupava mais com aquilo. Porque ele parecia ser capaz de experimentar esse sentimento, não apenas de dá-lo sem nada em troca.

Ela viu um grupo de pessoas concentrado em frente ao supermercado. E havia um carro da polícia. Teria sido um arrombamento?

Não, apenas uma batida, ao que parecia. Um carro abraçava o poste.

Mas ao se aproximar ela viu que a multidão parecia mais interessada na janela do que no carro, então talvez fosse mesmo um arrombamento, no final das contas. Um policial emergiu da multidão e caminhou até a viatura, pegou o rádio e passou a falar. Ela leu seus lábios. "Morto", "ferimento a bala" e "o Volvo certo".

Agora outro policial acenava e ordenava que as pessoas recuassem, e quando se moveram Maria vislumbrou uma forma. A princípio pensou ser um boneco de neve. Mas então se deu conta de que havia um homem de pé ali, encostado à janela, coberto de neve. Era amparado pelos longos cabelos louros e a barba, congelados no vidro. Ela não queria, mas se aproximou. O policial disse alguma coisa, e ela apontou para os ouvidos e a boca. Então apontou para o mercado e mostrou o nome no crachá. Já havia pensado em mudá-lo de volta para Maria Olsen, mas chegara à conclusão de que, com exceção da dívida por causa das drogas, a única coisa que ele tinha lhe deixado era o sobrenome francês, que soava um pouco mais empolgante que Olsen.

O policial assentiu e gesticulou que ela podia abrir o supermercado, mas ela não se mexeu.

A cantiga natalina cessou em sua mente.

Ela o fitou. Era como se ele tivesse ganhado uma fina pele de gelo, e por baixo havia finas veias azuis. Como um boneco de neve que tivesse absorvido sangue. Abaixo das sobrancelhas congeladas, seus olhos vazios estavam voltados para a loja. Para o lugar onde ela logo se sentaria. Sentaria e lançaria os preços das compras em seu caixa. Sorrindo para os clientes, imaginando quem eram, que tipo de vida levavam. E depois, naquela noite, comeria os chocolates que ele lhe dera.

O policial levou a mão ao bolso do homem, tirou uma carteira, abriu-a, pegou uma habilitação verde. Mas não era para isso que Maria olhava. Seus olhos se fixaram no envelope amarelo que caiu na neve quando o policial tirou a carteira. As palavras na frente estavam escritas em caligrafia rebuscada, bonita, quase feminina.

Para Maria.

O policial voltou para a viatura com a carteira de motorista. Maria se abaixou, pegou o envelope. Guardou-o no bolso. Ninguém pareceu ter percebido. Olhou para o lugar em que ele tinha caído. Para a neve e o sangue. Tão estranhamente bonito. Como o manto de um rei.

Este livro foi composto na tipologia Palatino LT Std, em
corpo 11,5/17, e impresso em papel off-white no
Sistema Digital Instant Duplex da Divisão Gráfica
da Distribuidora Record.